鬼がこの世にただひとり、生きた証を刻みつける花

随想花家
奈良美代子

オフィスルリユール

ブックデザイン◎藤田知子
帯コピー◎佐藤恵子
印刷◎藤原印刷
製本◎東京美術紙工協業組合

プロローグ

物語の〝花〟を生ける

花を生けていると、天女の姿が見えることがある。花器に挿された枝の一筋の流れに、羽衣を身につけることを拒んだかぐや姫が、最後には裳裾《もすそ》をひるがえし天にのぼっていく姿を見出すこともあれば、男に隠されていた羽衣を見つけて、人間界の衣を脱ぎ去っていった天女の痕跡を、落ちた花びらや花首に見ることもある。天女はときに龍であったり、嵐だったりする。

草花や木枝、枝花が発するエネルギーに、私自身が長年慣れ親しんできた物語の何かを、思わず重ね合わせているだけなのだが、花を生け、花のエネルギーに触れることとは、物語のイメージをより鮮明にすることでもある。

同時に、物語に登場する〝花〟にも、現実の花と同じくらいのエネルギーを感じるようになっていた。

決して早いとはいえない人生のタイミングで花を生けるようになるまで、物語の〝花〟は、作品世界の季節の変化をあらわしたり、登場人物の心の移ろいを託したりする景物くらいにしか思っていなかったのだが、日々の花生けを通じて花のエネルギーを体感するようになると、〝花〟が登場する物語では、〝花〟こそが、作品世界を大きく動かしているように思えた。

そうだ、物語の〝花〟を生けよう。

でも、それにはどのような表現方法があるのかが分からなくて、何もできない時間が長く続いた。

あるとき、星占いを中心とした記事やエッセイを執筆する石井ゆかりさんのコラムを読んだ。後に『「美人」の条件』という本にまとめられた、化粧品ブランドのウェブサイトで連載されていたものだが、石井さんはそれまで占いには欠かせない「美」についての記事を依頼されるたびに、「美」についての知識や経験の少なさから、断り続けていた。しかしドストエフスキーの『罪と罰』のある一節に出会ったことで、小説などに描かれる「美」や「美人」の姿をとおして、「美」の意味を考えようと思い、そのコラムをはじめたという。

ああ、「美」を「花」におきかえたものなら、文学作品などに描かれる〝花〟

について書くことでなら、物語の〝花〟を生けられるかもしれない。そんな気持ちから、noteで連載をはじめた。主に海外の文学、日本の古典文学、日本の近現代の文学のなかから作品を選び、ときには映画や人のライフストーリーに注目し、そこに登場する〝花〟について考え、生けた。

自分の興味だけでは決して出会うことのなかった扱い慣れない物語のなかで、思っていた以上に壮大な〝花〟のエネルギーと向き合うことになり、毎回、試行錯誤がつづいた。気力体力ともにかなり消耗したが、どこか心身がすっきりした。何度も作品を読み返し、文章を練り直していく過程で〝花〟に触れるたびに、力強い何かが湧きあがってきた。

そんな〝花〟のエネルギーを生けることを通じて、日常生活で触れる花の新たな魅力や、物語の奥深さを伝えられたら、手にとってくださった方にとって、記憶や体験のなかにある大切な〝花〟に気づき、今日の疲れを癒し、明日へとつながる何かになればと願って、本書を送り出したいと思う。

目次

夏

※本書では、取り上げた作品を読み解くうえで、
結末に言及していることがあります。

春

少女と女王をつなぐ花

『森は生きている』(サムイル・マルシャーク)の松雪草を生ける

BOØWYやプリンセス プリンセスなどのロックバンドが流行した高校時代、文化祭はコピーバンドの演奏で幕を開けた。文化祭には、音楽や演劇などの舞台系の出し物と、模擬店やレクリエーションなどの展示系の出し物があり、舞台系は近隣の大きな公会堂を貸し切って、展示系は校舎の教室を使って、それぞれ別日程で開催された。

自由な校風で、今では信じられないくらい生徒の自治と自主性が重んじられていた学校だった。教員が文化祭の出し物に関与したり、口を出したりすることはなく、企画から金銭の管理まで生徒がおこなった。舞台に出演しない展示系の生徒は、公会堂で観覧してもしなくてもよかったし、同様に舞台系の生徒も展示系の出し物に興味がなければ、その期間は学校に登校する必要はなく、出入りも自由だった。

私のクラスは三年間展示系の出し物で、焼きそばやお好み焼きの模擬店を開いたが、友人のクラスが舞台系で劇をやることになり、別の友人が吹奏楽部に所属していたため、公会堂での観覧を楽しみにしていた。

舞台系の当日は、公会堂で朝九時から夕方四時くらいまで数多くの出し物がつづくのだが、教員や大人が関与しない分、なかには鑑賞にたえないものもあり、途中、どうしても飽きてしまう。特に軽音楽の演奏で出演する部活動やグループには、流行のロックバンドをまねて買った楽器を披露したいだけのようなものがいくつもあり、大音量だけが耳に残った。それでも三年生のグループにとっては高校生活最後の舞台で、親御さんたちが観にきていて、声援を送っていた。

大トリを務める友人の吹奏楽部の出演まで少し時間があったので、近くのファストフードで時間をつぶそうとロビーに出ると、劇で出演するクラスが出番を待っていた。そのなかに、王冠をかぶり、真っ赤な長いマントを肩からかけ、手には錫杖《しゃくじょう》を持った生徒の姿があった。紙でつくったハリボテの王冠も錫杖も、布を買ってきて誰かが手縫いしたと思われる赤いマントも、学芸会の域を出るものではなかったが、凛とした本物の女王を思わせる威厳のある佇《たたず》まいに息を飲んだ。どこのクラスのどんな劇なのかをたしかめようと、くしゃくしゃにしてしまったプログラムの紙をひらくと、屋外の渡り廊下でつながれた向かいの校舎にある、あまり交流のないクラスの『森は生きている』という劇だった。

たしかわがままな女王が、春に咲くなんとかっていう花がほしいと真冬に言い出し、森に住む貧しい女の子が雪のなか、それを探しにいく話しだったかしら。「世界の名作童話全集」みたいなテレビアニメか絵本でみたことがあるような。おぼろげな記憶をたどっていくと、王冠をかぶった生徒は、そのわがままな女王役であることに思い至った。それまでの退屈さが一気に吹き飛んで、すぐに客席へ引き返した。

＊

新年を迎えようとしている大晦日、少女は継母から薪《たきぎ》拾いを言いつけられて、雪深い森を歩いていると、老兵士がやってくる。王宮の御殿でおこなわれる新年祝賀パーティーで使うもみの木を探しているという。老兵士は少女と話しをしているうちに、少女には本当の両親がいないことを知る。それを気の毒に思いながら、もうひとり、両親のいない少女について話しはじめた。それは王宮にいる女王のことで、両親の王と王妃を亡くして、早くにこの国の女主人となった。そのため女王には、親身になって生きていくための知恵や人との交わりに必要な分別を教える人がいなくて、気難しい人柄だという。少女はそれを聞いて、自分と同じ十四歳の女王に思いをはせた。

老兵士は少女を励ましながら薪拾いを手伝うと、少女がそのお礼に、素晴らしいもみの木のある場所まで老兵士を案内する。そのころ、十二月の精と一月の精があらわれて、互いを讃《たた》え合い、吹雪を起こしながら交代をはじめる。

王宮の御殿では、女王が教育係の博士から数学と習字を学びながら、総理大臣の持ってくる勅書にサインをしているが、面倒な仕事や博士の小言にイライラしている。季節ごとの月が順にめぐってくることで一年が十二の月で成り立っていることを博士から教えられると、四月に咲く松雪草を今すぐ見たいと言い出す。

そして明日の新年までに松雪草を持ってきたものには、褒美として金貨と銀ぎつねの毛皮が裏地についたコートを与え、新年の女王の外出のお供を許すというおふれを出す。

それを聞きつけた少女の継母とその娘は、薪拾いから戻ってきた少女に松雪草を摘んでくるように言いつけて、再び寒い雪深い森へと送り出す。こんな季節に松雪草などあるはずもないと少女が途方に暮れていると、森の動物たちの導きで、十二ヶ月の精たちが勢ぞろいして焚き火で暖をとっているところにたどりつく。少しの間だけ暖まらせてほしいと懇願する少女を快く受け入れる十二ヶ月の精たち。大晦日の夜、雪深い森で少女がひとりさまよっているのを不思議に思って事情をたずねる。すると四月の精は、ほんの少しの時間だけ四月として松雪草を咲かせようと提案する。少女が森に親しみ、森の恵みを大切にしていることを知っていた十二ヶ月の精たちは、少女の窮地を救ったのだ。少女が心から感謝の気持ちを伝えると、十二ヶ月の精たちは、どんなときも自分たちは少女とともにあるといって、四月の精が指輪を贈る。何か困ったことがあったら、この指輪を投げてある言葉を唱えるようにと。

籠いっぱいの松雪草をたずさえて家に戻ると、継母とその娘は喜ぶ一方で、少女の様子を不審に思う。見覚えのない指輪を大事にしているのを見て、こっそりと取りあげてしまう。翌朝、少女は指輪がないことに気がつき、問い詰めるが、ふたりは知らないと言いはり、王宮の御殿に松雪草を持っていってしまう。

女王がほしがった松雪草（待雪草ともいう）は和名で、スノードロップといった方がピンとくる人もいるだろう。小さな白いふんわりとした三枚の花びらが下に向いた花で、春を告げる花として知られている。スノーフレークと呼ばれるすずらんによく似た花があるけれど、それとは別の花で、スノーフレークには花びらの先端に緑色の斑点があることで見分けられる。実は私も長い間、松雪草、スノーフレーク、すずらんの区別がついていなくて、すずらんの品種違いくらいにしか思っていなかった。あらためて写真でよく見ると、似て非なるものだ。

まず松雪草はクロッカスを下に向けたような花で、スノーフレークやすずらんと比べて、花びらの丈が長く、一枚一枚が独立していて、絵本に出てくる妖精たちがふんわりと羽をひろげて飛んでいる姿に似ている。スノーフレークとすずらんは、鈴状というかつりがね型の花びらで、赤ちゃんの帽子のようでもある。そして松雪草の茎は細くて繊細で、葉は茎の半分くらいの丈で、雪が積もったときには花だけが顔を出す。スノーフレークは茎も葉もシュッとして長く、地面からやや離れて咲く。すずらんの茎は細いけれど、チューリップの葉のような形をした肉厚の葉が二枚向き合って、小さな花たちを守っているように見える。どれも春の花といわれるが、咲く時期も微妙に異なり、日本では松雪草は二月から三月の雪がまだ残るころに咲く。スノーフレークは桜と同じ三月の終わりから四月にかけて、すずらんは初夏の五月に咲く。

松雪草は、日本では明治の初期に入ってきたようで、現代俳句では春の季語とされている。南ヨーロッパからコーカサス山脈付近が原産地と考えられ、ヨーロッパ各地に伝説がある。旧約聖書やアンデルセンの作品などにも登場する。

旧約聖書ではエデンの園を追われたイヴが、雪ばかりふる季節を嘆いていると、天使がやってきて雪に息を吹きかけた。その雪が落ちた場所から小さな白い花が咲き、天使はイヴに必ず春夏がやってくるから希望を捨てないようにと慰めた。

岩波少年文庫から出ている『森は生きている』の「訳者あとがき」によると、

この作品は、原書名を『十二月《つき》』といい、旧ソ連時代の一九四六年、詩人のサムイル・マルシャークがスラブの伝説『十二の月たち』をもとに書いたという。『十二の月たち』について調べてみると、やはり大晦日の夜に一堂に会した十二ヶ月の精が、継母に言いつけられて雪深い森にやってきた少女を助ける話しなのだが、少女が求めているのは松雪草ではなく、すみれとなっている。松雪草、すみれのいずれにしても、雪深い北の国では春の訪れを待ち望む気持ちを表現する花なのだが、あえてすみれから松雪草に変えたのはなぜだろう。

「松雪草」というと、チャイコフスキー作曲の「松雪草」というピアノの曲を思い出す。ロシアの十二ヶ月それぞれの月にあらわれる風物をイメージして作曲した『四季』という十二曲からなる小作品内の一曲で、各月の曲には、それぞれのイメージにあったロシアの代表的な詩人による詩がそえられている。『森は生きている』のなかでも、十二ヶ月の精がそれぞれ担当する月を讃え、詩を歌いあげるシーンがある。作者マルシャークはスラブの伝説『十二の月たち』とともに、チャイコフスキーのこの小作品も意識していたのではないか。チャイコフスキーの「松雪草」は、雪深い大地に咲く小さい花に一筋の光をと祈るような、明と暗が戯れながら入れかわる調べが印象的な曲だ。花の開花に春の訪れを期待するといった単純な曲とは言い切れない、陰影と奥行きがある。

人生の大半を都市部で暮らす私には想像もできないくらい、北の国の冬は厳しいのだろう。秋に生まれたお子さんに、春にちなんだ名前をつけた雪国出身の友人がいる。不思議に思って名前の由来をたずねてみた。雪国で育ったものにとって、春は本当に待ち遠しいのよ。友人は雪国の厳しさも美しさもすべて受け入れたうえで、それでもなおとでも言うかのように、まぶたをほんの少しぎゅっと閉じた。

チャイコフスキーの『四季』では、この「松雪草」を四月の曲としている。日本では二月から三月に咲くが、日本よりも緯度が高く北西に広がるユーラシア大陸では、雪解けに向けて大気が動きはじめるのが四月であり、そこに姿をあらわすのが松雪草なのかもしれない。

宮沢賢治の「水仙月の四日」でも、水仙が咲きはじめる頃に激しい吹雪が来るように、雪も、寒さも、暗さも、冬から春の境目がもっとも厳しいのではないか。そんな瞬間に、小さな姿を雪のなかからのぞかせる松雪草は、ある意味、絶望の淵にとどく一筋の光であり、希望なのだろう。エデンの園を追われたイヴが嘆いたのは、寒さや雪の深さだけではなく、住みなれた場所を離れ、寄る辺ない身の上となったことへの絶望だったのではないか。

花言葉はひとつの花に対して複数あり、文化によっても違うので、ロシアでの松雪草の花言葉が、そのままイヴの逸話にある「希望と慰め」なのかどうかは分からない。しかし、『森は生きている』がスラブの伝説をもとにしながらも、少女が摘むべき花は、すみれではなく松雪草としたのは、もっとも厳しい季節のなかで希望と慰めを手にしてほしいという願いを込めたからではないか。

少女が四月の精のはからいで松雪草を籠いっぱいに摘むことができたとき、「どれも大きくて、くきにはやわらかい毛がはえていて、ビロードのようだし、花びらは水晶のようなの」という。「くきにはやわらかい毛がはえていて」という表現に注目して、これは松雪草ではなく雪割草なのではないかという説を目にした。松雪草の茎はツルッとしていて、毛は生えていない。一方、雪割草も雪のなかで小さな青い花を咲かせるのだが、写真を拡大してよく見ると、たしかに茎がふんわりと毛羽立っている。また、チャイコフスキーの「松雪草」の曲にそえられた詩人マイコフの詩にも、「水色の 清らかな」とあることから「雪割草」の訳語が当てられているものもあって、私は頭を抱えてしまった。こんなときはロシア語の原書にあたるべきなのだが、悔しいことに私はロシア語ができない。

あれこれ考えて、まず松雪草の英語名 snowdrop に対応するロシア語を数種類の翻訳サイトで翻訳したところ、「подснежник」という語が出てきた。次は『森は生きている』の原書名である『十二月《つき》』と作者マルシャークの名前も、翻訳サイトでロシア語の表記を確認して検索する。するとロシア語版のウィキペディアに映画化された『十二月《つき》』を説明しているページがあり、そこであらすじを見つけることができた。その文章に対して「подснежник」の語を検索したところ、数多くヒットした。またチャイコフスキーの曲やマイコフの詩についても、同様のことをおこなったところ、「подснежник」の語を確認することができた。松雪草 = snowdrop = подснежник だといっていいだろう。念のため、この三つの単語で画像検索をしてみると、同じ花の画像があらわれた。

少女の言葉にある「花びらは水晶のようなの」は、白い花が白い雪の上に咲いている姿が、きらきらひかる透明の水晶の塊のように見えることを考えると、松雪草しかないと思われるが、「くきにはやわらかい毛がはえていて」が何を意味しているのかは、やはり分からなかった。それでも私は、この物語の花はすみれでも雪割草でもなく、「希望と慰め」の松雪草でなくてはならないと思うのだ。

子どもの頃、『森は生きている』をアニメなどで観ていたときは、女王は無理難題を言って臣下を振り回し、少女を困らせる悪者、少女は継母とその娘にひどい仕打ちをされながらも健気に生きる、シンデレラのようなヒロインに映っていた気がする。わがままはいけない、苦難があっても耐えていればきっといいことがあるといった、教訓話のようなものとして受け止めていた記憶がある。

しかし岩波少年文庫の『森は生きている』をあらためて読んでみると、女王は少女と同じ年齢で、親を早くに亡くした娘であることを初めて知った。「女王」という言葉から成人した女性だという先入観があって、女王を「眠れる森の美女」の魔女や、ヒロインに意地悪をする継母と魔女を掛け合わせた「白雪姫」の母親のような存在だと思っていた。ところが女王が女王であるという以外、少女と何ひとつ変わらない十四歳の娘であることを知ったとき、ふたりは教訓話的な悪者とヒロインという関係ではなく、表裏一体、ふたりでひとりなのではないかという考えが浮かんだ。

女王には臣下や教育係にあたる博士がいて、少女には継母とその娘がいて、表向きの親らしき大人はいるけれど、どちらも愛情深く庇護されているわけではない。女王は一国の主人《あるじ》とはいえ、刑罰の種類や執行の可否を決定するなど、その責務は十四歳が負うにはあまりにも大きい。少女も継母から、やはり身にあまるきつい労働を強いられている。

女王は経済的には豊かな暮らしをしているが、ずっと王宮の御殿で暮らしているため、自然の摂理や健全な人間関係の築き方を知らない。反対に少女は貧しい暮らしながらも、森の恵みに感謝し敬意をはらい、自然（十二ヶ月の精たち）から恩寵を受け取ることができる。そんなふたりが、松雪草を介して出会うのだ。

新年までに松雪草をとどけるようにと国中におふれを出したにもかかわらず、新年の祝賀パーティーがはじまってもとどけられていないことに、女王は苛立っている。そこへ少女の継母とその娘が松雪草をとどけにやってくる。すると今度は松雪草が咲いている場所へ案内しろと言い出す。継母の手引きではじめて森に入った女王は、森の動物たちの存在や雪が積もってたわんでいる木々の様子が珍しくてならない。そこではじめて、雪かきという労働を経験して汗をかく。

一方、継母の娘の策略で森の湖までやってきた少女は女王と対面するが、松雪草が咲く場所はどうしても教えられないという。すると女王は、継母の娘が持っていた少女の指輪を取りあげて、湖に投げ入れてしまう。転がる指輪に少女は十二ヶ月の精たちに教えられた言葉を唱えると、雨風がおこり、一ヶ月ごとの季節が猛烈な勢いでめぐってくる。

四月がやってくると、女王は夢中になって松雪草を摘みはじめる。すぐにその季節は過ぎ去り、初夏、灼熱の夏、つむじ風の秋と目まぐるしく季節が変化するごとに、臣下や従者たちは音をあげて、皆逃げ出してしまう。再び厳しい冬がやってくるが、秋のつむじ風で毛皮のコートが吹き飛ばされてしまった女王は、凍えて体が動かない。臣下や従者たちが馬車やソリで逃げてしまい、王宮の御殿に帰ることもできない。そこではじめて女王は、自分がおろかなおふれを出したことに気がつき、後悔する。女王のもとに残ったのは、家庭教師役の博士と、森で少女に出会い女王に親がないことを心配していた老兵士だけだった。

そのころ、少女は十二ヶ月の精たちと再会していた。四月の精は少女に指輪を返し、これからは自分たちが順番にそれぞれの月の恵みを持って、少女のところに訪れると約束する。そして十二ヶ月の精たちから、高価な衣装がたくさん入ったつづらやソリ、馬などが贈られる。

そこへ一月の精の導きで、女王と博士と老兵士を乗せたソリがやってくる。一月の精は、焚き火で暖をとるように老兵士に勧める。少女が女王にもみまがう美しい身なりをしていることに一同は驚くが、女王は気に入らない。しかし今や少女が十二ヶ月の精たちから贈られたソリや馬を使わなければ、王宮の御殿には帰れないことを、博士と老兵士から教えられた女王は……。

物語の前半では、少女の苦難と十二ヶ月の精との出会いが描かれ、後半では、自然のなかでの女王の試練と十二ヶ月の精たちとの出会いが描かれる。少女が継母たちから離れられて、物心豊かに暮らせることを予感させるラストに、読者はほっとする。そのような幸運の訪れは、自然とその恵みに対する少女の敬虔な心持ちによるところが大きいけれど、女王がわがままと気まぐれに松雪草をほしがったことがきっかけだったともいえる。季節はずれの松雪草を探しに出たからこそ、十二ヶ月の精たちと出会うことができた。それはいじわるな継母たちとの絶望的な暮らしのなかで得た慰めであり、一筋の光、明るい将来への期待だった。

女王は十二ヶ月の精たちとの出会いを通じて自然の摂理を理解し、自分が与えていると思っているものですら、自然から与えられているものであることを知る。そしてそれを自由きままに独占するのではなく、分け与えることを同じ年齢の少女から学ぶ。また困難のなかにあっては、命令と報賞、刑罰によるうわべだけの人間関係ではなく、臣下に対する信頼と臣下からの忠心による信頼関係が自分を救ってくれることを、老兵士から学ぶ。それはこれからの長い年月、女王が国を治めていくなかで必要不可欠なものであり、何よりの財産となるものだ。女王は少女とは違った孤独な暮らしのなかで、きまぐれに松雪草をほしがったけれど、結果的には、女王として生きるための道標を見つけたのではないか。それもやはり女王にとっての慰めであり、一筋の光、期待だったと思うのだ。

少女と女王は松雪草を介して出会い、互いを補い合い、それぞれにないものを得た。そういう意味で、ふたりは「ふたりでひとり」なのだ。森から去っていった少女と女王の関係が描かれることはないけれど、ふたりが互いを気遣い合える友人になっていたらいいなと思うのは、私が年齢を重ねすぎたせいだろうか。

＊

屋外の渡り廊下でつながれた向かいの校舎にある、あまり交流のないクラスが上演した『森は生きている』は、その年一番の拍手喝采で幕を閉じた。演出も演技も、私が三年間の文化祭で観た舞台系の出し物のなかで、もっとも印象に残るものだった。その脚本と演出を手掛けたのが、あの赤いマントを身につけた女王役の生徒だった。舞台への熱狂で、校内ですっかり〝時の人〟となった彼女だったが、家庭がいくつかの不運を抱えていることを、後日、噂話で知った。

後年、彼女は海を渡り、舞台演出の勉強をしていると風の便りで聞いた。あのときの松雪草が、彼女の人生にとって慰めであり、一筋の光、明るい将来への期待であったことを願った。

水仙は、心の静寂清明な一点を映し出す

「月光は受話器をつたひはじめたり越前岬の水仙匂ふ」（葛原妙子）の水仙を生ける

十一月の終わりから十二月にかけて喪中の葉書がとどくと、年明けの松の内を過ぎた頃に銀座の鳩居堂へ足を運ぶ。葉書や手紙を書くことはめっきりへったし、年賀状も今はインターネットで注文して、宛名ごとに個別のメッセージを書くこともできるので、手書きすることもなくなった。それでも喪中の葉書に対する寒中見舞いは、季節の葉書を選んで薄墨の筆ペンで書いている。これだけは、何かそうしたい気持ちがするのだ。

銀座鳩居堂。バブル経済以降、日本で最も坪単価の高い一等地としてその名を馳せ、この十年ほどは、いわゆる日本風や和風な土産物を求める外国人観光客でごった返していた。しかし今年（二〇二一年）は、昨年世界を襲った感染症の影

響で、そんな喧騒はまるで幻だったかのように鳴りをひそめ、季節の移り変わりとともにある人の心を表現するための道具屋として、静かな本来の姿を取り戻していた。

店を入ったなかほどに葉書のコーナーがあり、梅や春山茶花《はるさざんか》、福寿草、雪待草、蝋梅《ろうばい》、寒桜、雪景色、節分にちなんだ鬼のお面や豆まきなどの絵柄の葉書が多数用意されていた。一枚一枚丁寧に手漉きされた和紙、手書きもしくはシルクスクリーンで刷られた絵柄を手にすると、季節を感じているようで感じていなかった年末年始の慌しさを思った。毎回行くたびに、棚の端から端まですべての葉書を一枚ずつ、大人買いしてしまいたい衝動にかられる。が、そこはグッとこらえて、喪中の返信に必要な分と、眺めたり額に入れて飾ったりする数枚だけにとどめておくことにする。

ふと、竹で編まれた平らな丸い籠に、つみ取られたばかりの水仙が描かれている葉書を手に取った。


月光は受話器をつたひはじめたり越前岬の水仙匂ふ

月光が受話器につたう？　そんな発想、どこから出てくるんだろう？　越前岬の水仙とどんな関係があるのだろう？　水仙にかかわるものを見るたびに、歌人葛《くず》原《はら》妙子《たえこ》のこの歌が頭を駆けめぐり、それまでに思ったこともなかった発想に、思考が呑み込まれていく。

＊

アロマテラピーを習っているとき、エッセンシャルオイル（精油）をブレンドすることの醍醐味は、生物学上の生態系では決して出会うことのない植物同士が混ざり合って、植物単体ではなしえない芳香や薬理効果を実現することだと聞いた。たとえば、冷涼で乾燥した地域で生育するラベンダーと、熱帯雨林地域で生育するイランイランは、自然界では同じ場所で咲くことはない。けれど、アロマテラピーという枠組みでは、それぞれがエッセンシャルオイルとなって混ざり合うと、甘く濃厚な香りでありながらも、どこか青々しいフレッシュな香りが実現するし、たかぶった気持ちを落ち着かせ、女性特有の不調を緩和してくれる。

詩歌は散文では出会うことのない言葉同士が出会うことによって、論理では表現しえない豊かなイメージの世界をつくることができると、ある詩人は語った。小中高時代、国語の授業で詩を鑑賞する時間が苦手だった。あるとき、詩をつくって隣の人と感想を言い合ったり、添削をしたりする時間があったのだが、相手の詩を普通の作文のように直して、先生にあきれられた。大学でも和歌や俳諧などの韻文の授業が正直あまり好きではなく、成績もふるわなかった。そんな苦手意識に長年悩まされてきた詩歌なのだが、エッセンシャルオイルのブレンドの考え方を聞いたとき、理解することも思い出すこともなかった詩人の言葉が胸にふっと湧きあがり、身体にすうっと沁み込んだ。

ここ数年、花を生けるようになって、詩人の言葉はさらに身体の奥深くに沁み込んでいく。花生けもやはり、自然界では出会うことのない花々、草花、木枝花が、人の手によってひとつの小さな花器におさめられることで、自然界とはまた別の奥行きやひろがりのある世界として、新たに立ちあがってくる。

ほかの分野での経験をとおして、そんなことが理解できるようになってからは、詩歌を読む時間もだいぶ増えた。言葉同士の連なりやつながり、音やリズムでイメージの世界をふくらませると、頭の枠がひろがったような感覚になり、心身ともにリラックスする。論理的なものや散文を読むと、息を詰めて、頭の枠を絞り込んでいく感覚があるのだけれど、どちらがいいというのではなく、両輪なのだろう。やっと詩歌が楽しめるようになった矢先、あの歌が目に入ってきた。

月光は受話器をつたひはじめたり越前岬の水仙匂ふ

意味の理解ではないといくら自分に言い聞かせても、この歌の前では魔力を失った呪文のようだった。詩人が語ったように、散文では決して成り立たない詩歌ならではの発想や表現だということは分かるのだが、それまでにふれたこともない破壊的な発想で、イメージすら湧かなかった。

しかし同時に、冷たく透きとおった何かを感じる。意味が理解できなくても、イメージすらできなくても、感覚としてならつかめるものがあるかもしれない。そんなおぼつかなさを頼りに、歌と向き合ってみることにした。

とはいえ、これが伝統的な和歌なら、主となる言葉が古来どんな意味やイメージを持つもので、和歌のなかでどのように使われてきたのかを調べることで、その歌の独自性などを探ることができる。でもこれは現代短歌で、五七五七七という形式以外、古来の和歌とは異なるもので、その手の調べ物は意味がないような気がした。

一方で、作者の評伝を読んだり、ほかの歌を調べたり、同時代のほかの作家の作品にふれたりすることもあるが、そうすると分かったような気になって、自分自身で歌と向き合うことをやめてしまう。あるいは評伝の執筆者や学者たちの解釈に引っ張られて、自分なりの考えが出なくなってしまうこわさもあった。もうしばらく、そのようなものとは距離をおいて、この歌の大海のようなつかみどころのなさに、身をゆだねていたいと思った。

初句の「月光」という言葉を考えるとき、ひとつの情景を思い浮かべてみる。

数年前、あるピアニストの船上リサイタルに参加した。船上リサイタルといっても、映画『海の上のピアニスト』に出てくるような豪華客船のものではなく、個人が所有するクルーザーで十数人がやっと乗れるくらいの小さな船に、ピアニストの知人や友人、長年のファンを集めた内輪のリサイタルだった。たしか朝早く浦賀を出港して、昼をだいぶまわったくらいに真鶴に到着。下船して宿で夕食をとった後、十九時過ぎくらいに再び船に乗り込んだ。

すでに真っ暗で、夜の暗さと海の黒さの境目が、泡立つ波でかろうじて分かるくらいの闇夜だった。デッキにはちょっとした宴席が設けられて、それぞれがお酒や飲み物を手にしながら、ピアニストの登場を待った。夜の海は初めてではないけれど、それはいつも浜辺や陸《おか》にある宿から眺めるもので、海のなかにいるのは初めてだった。昼間あれだけ大きな海を渡ってきたときは、進んでいる方向が分かったので、船の小ささは気にならなかったが、これだけ暗くなってみると、方向感覚がまったくつかめず、心もとなかった。燃料の関係なのか雰囲気の演出なのか、船も裸電球ひとつの灯りをかかげるだけで、この闇の前には申し訳程度ともいえないようなわずかな明るさだった。

何かが途切れたようなシーンとした間があって、ドビュッシーの「月の光」が流れてきた。ピアニストは月の光に照らし出されて、闇に浮かびあがる。光が投げ込まれた海は、紺と群青が混ざり合い、奥行きのある明るさをともなった色に変わった。月はいっそうはっきりと見える。冴え冴えといってしまうのが惜しいくらい、清らかさも潔さも透明感も、それゆえの冷たさも厳しさも残酷さもそなえていた。

月の光の姿はいろいろあり、これがすべてではないとは思うものの、あの歌の「月光」は、雪国の岬に咲く「水仙」につながるものであるとき、「受話器」からつたってきたのは、このようなものではなかったか。

「受話器」と聞いて、現代のスマートフォンや携帯電話を思い浮かべる人はいない。ここでいう「受話器」とは、プッシュフォン以前のダイヤル式黒電話の受話器のことだろう。十代の頃、長電話をしていると、その重さが腕にこたえたものだが、このような「月光」が重い黒い受話器をとおして、じわじわとつたってくるのを想像してみる。

「受話器」の向こう側には誰かいるのだろうか。幼い頃、受話器は別世界への通路とつながっているような気がして、ときどき、誰かに連絡をするわけでもなく、受話器を耳にあててみたことがある。

「越前岬の水仙」とは、歌の主人公の目の前にある実物の越前岬の水仙で、何らかしらの方法で手に入れたものなのか、それとも想像上のものなのか、あるいは記憶のなかのものなのか。

受話器をつたった月光が、歌の主人公の体内もしくは室内に流れはじめると、いつのまにか水仙とその匂いに囲まれている。ここはあの越前岬なのか。岬を照らしている、清らかで透明で、でも冷たくも厳しくもある月光……。

こんな世界を想像してみたところで、少し調べ物をしてみる。

福井県の越前海岸には日本有数の水仙群生地がある。日本海に面した荒々しい断崖に凛とした花を咲かせることから、厳しい雪国で暮らす人々は花の姿にみずからを重ね、県の花に指定しているという。

あわせてこの歌の作者葛原妙子の経歴にもふれてみる。『コレクション日本歌人選070　葛原妙子 見るために閉ざす目』の解説によると、一九〇七年（明治四十年）に東京で生まれ、三歳のときに、父親の都合で福井の伯父のもとにあずけられたという。戦前、三人の子を得てから作歌活動を始めるが、当初は良妻賢母を思わせる穏やかな歌が多かった。戦時中、疎開先の長野で厳しい寒さや飢えを体験してからものの見方が一変し、作風も変化していった。戦後、短詩型文学の戦争加担に対する批判・反省と新たな表現を模索する流れのなかで、葛原妙子は「身体の感覚を通じて世界を感受するという方向」を手がかりにしたという。

残念なことに、本書には「月光は……」の歌は収録されていないのだが、巻末におさめられている次の解説を読んで、深くうなずいた。

原牛の如き海あり束の間　卵白となる太陽の下　『原牛』

こうした歌は、風景とは言いがたく、視覚に集中した写生の方法とは明らかに異なる。また観念で構築した塚本邦雄の人工美とも異なる。世界の感受の仕方自体が直感的であり身体感覚を介していることが感じられよう。その違いを方法として語ることは難しいが、あえて言えば、感官を通じて直感したものを言葉によってゆっくりと再現する試みである。…略…

男性を中心とした前衛短歌運動が盛んに議論される中で、葛原は …略…「幻視の女王」…略…などの異名が与えられる。…略…また作品の不思議な力への賛嘆であり同時に読み解き難さを告白する命名にほかならない。しかしこの読み解きがたさこそ葛原が抱えていた前衛短歌とは異なる要素なのだ。

「解説　葛原妙子——見るために閉ざす目——川野里子」（前掲書所収）

和歌や当時の短歌の方法とはまったく異なる「感官を通じて直感したものを言葉によってゆっくりと再現する試み」によってつくり出された歌は、当時の歌壇でも「読み解き難さ」として、毀誉褒貶《きよほうへん》の的《まと》だったようだ。

本書に収録されている五十の歌をざっと眺めてみると、引用した歌のように、句跨《くまたが》りや字余りといった五七五七七の調子にさえ乗らない、落ち着きの悪い歌が多く、読んでいるとイライラする。むきだしになった五官のすべてで感じとった、本来ならば言葉にならない何かを言葉にしようとする営みだからこその勢いや苛立ちが、あらわれているのかもしれない。

また、和歌の歌枕《うたまくら》のように他者とイメージを共有する形式化された表現ではなく、あくまでも個人の感覚に基づいた表現なので、読み手は必ずしも理解することができない。しかし、読み手にとっては、自分のなかのどこか一点、ほんの小さな、それでいて核たる一点と重なる瞬間がある。そこに私は惹きつけられて、ここまでやってきたのかもしれない。

もう一度、「月光は受話器をつたひはじめたり越前岬の水仙匂ふ」に戻ってみる。歌の主人公と作者とを同一視するならば、「越前岬の水仙」とは、作者が幼い頃、福井の伯父のもとにあずけられた体験のなかの水仙だと考えることもできる。月光の美しい夜、当時を知る誰かと電話で話していると、あっという間に思い出の越前岬に心が飛んでいく。そんなふうに読むこともできる。

しかしこの歌からは、思い出にまつわる懐かしさや慕わしさというものは感じられない。先の解説には、福井での伯父との暮らしについて、「厳しい躾のもと幼少期を孤独に過ごしている」とある。それ以上のことは書かれていないので、作者が福井や越前岬にどんな感情を抱いていたのか分からないが、「孤独な幼少期」を想起させる複雑な感情というのでもない。むしろ、そういった感情を超えた何か、かぐや姫にとっての月の世界のような、人間のいっさいの感情を超越した世界の空気が漂っている。

実はこの歌、もう一首水仙にまつわる歌と前後して配されている。

水仙城といはばいふべき城ありて亡びにけりな　さんたまりや

「水仙城といはばいふべき城ありて亡びにけりな」とは、水仙城と呼んでもいいような城があったのに、今はもう亡んでしまったということなのだろうか。城があった場所には何某《なにがし》かの水仙が咲いていて、その水仙に城のありし日の姿を見出していると想像してみる。水仙は一輪なのか群生しているのか。「月光は……」の越前岬の水仙が群生だと考えたとき、こちらも群生で、そのなかにそびえたつ城や城壁を想像すると、それこそが「水仙城」という名にふさわしいと思えてくる。

しかし、一輪でそっと咲く水仙を想像してみると、それとは対照的な堅牢な城には、風雪や時間、時勢によって亡んでしまうはかなさがあり、一見はかない水仙には、時がめぐってきてまた咲く力強さがある。それが「さんたまりや」という呼びかけにも思える言葉と響き合っているのではないか。

作者は晩年、キリスト教の洗礼を受けた娘の影響からキリスト教に興味を持ったようで、聖母マリアを詠んだ歌を残し、一九六九年（昭和四十四年）三月には家族でヨーロッパを旅している。「水仙城……」の歌が旅の体験をもとに詠まれたものなのか、城と聖母マリアとの関係もよく分からないが、キリスト教と水仙の関係でいえば、春の復活祭には再生の象徴として黄水仙が飾られるというし、聖母マリアを象徴する百合の花が、水仙に似ていることから、水仙をマリアになぞらえることもあるという。

そんなことを考え合わせながら目の前の水仙に目を凝らしていると、いつのまにか焦点がぼんやりとしてくる。春先のひんやりとした空気のなか、誰もいない城に聖母マリアが佇み、荒野の先を見つめている。

この歌にも、「月光は……」の歌と同様、人間のあらゆる感情を超えた境地が垣間見える。その境地とは、五感のすべてをとおして感受した言葉にならない何かを言葉にするための、世事の一切を超えた、冷たくも澄みわたる透明な場所であり、作者が歌の創作をとおしてたどりついた場所ではなかったか。

＊

鳩居堂の葉書のコーナーでどのくらいの時間が経ったのか。どこからともなく誰かの手が伸びてきて、私が手にしている水仙の葉書と同じものをつまみあげていった。そうだ、寒中見舞い用の葉書を買いにきていたんだ。急いで会計をすませ、店を出た。

左手の銀座四丁目交差点方面に数歩進むと、花屋がある。店先を覗いてみると、さすが銀座一頭地の花屋、バラやラナンキュラスなど多弁で花束にしたときに見映えのする花が多く用意されていたが、水仙を見つけることはできなかった。早ければ十二月から市場に出回る水仙。新春の清々しさを演出する花として、春の訪れを心待ちにする花として、私たちの生活に馴染み深いものではあるけれど、寒さが極まった日の道端や深い雪のなかに、その姿を見つけるとき、私たちはこの世ではないどこかを感じる。

それは外の世界にあるものではなく、見るものの心のなかにほんの小さな一点として存在する。喧騒にまみれた生活では意識すらしない一点ではあるけれど、誰にも、何ものにもおかされることのない静寂で清明な一点。そこを映し出す鏡として水仙は存在するように思えてならない。

〝死者〟に手向ける花

「亡き王女のための刺繍」（小川洋子）のツルボランを生ける

四月からのクラブ活動、何にするか決めた？
まだ……やっちゃんと一緒でいいよ。
そう、じゃあ手芸クラブか絵画クラブはどう？
うん、それでいい。

小学四年生になると、月曜日の六時間目にクラブ活動が加わった。課外活動ではなく、授業のひとつなのだが、自分の興味に合わせて、一年にひとつ、好きなクラブに入ることができた。三年生の三学期になると、興味のあるクラブに見学に行く。当時、流行っていた漫画『ガラスの仮面』の影響を受けて演劇クラブもいいな、お菓子をつくる料理クラブでもいいな、バッグや手袋をつくる手芸クラブもいいなと、数多くのクラブに目移りしながら、見学を楽しんだ。

しかし目移りした分だけ、どれもこれもピンとこなかった。当時習っていたピアノの延長でできる音楽クラブに唯一興味があったが、大好きだった音楽の先生がその年で退官するという噂があり、それにも消極的だった。

やっちゃんと一緒のクラブでいいや。やっちゃんはクラスメイトで、同じピアノ教室にかよっていることを知って仲良くなった。幼い時分から書道や絵画も習っていて、字も絵も学年で一番というくらいうまかった。手先も器用でなんでも自分でつくった。ときには自分たちが大きくなったら住むための木の小屋をつくろうと言い出し、設計図らしきものを描きはじめたときは、度肝を抜かれた。

春休みのある日、やっちゃんの部屋で刺繍をしていた。やっちゃんの発案で、白のハンカチにお母さんの好きな花を刺繍して、五月の母の日にプレゼントすることになったからだ。

やっちゃんは白い布に花の絵を鉛筆でささっと下書きした。太い茎に沿って縦にピンクの花を咲かせる、花屋の透明の冷蔵庫でしか見たことのない高価な花だった。やっちゃんは布にも上手に絵が描けるんだ、選ぶ花もチューリップとかひまわりとかじゃないんだ。それに比べて私ときたら、母が好きな花なんて思い浮かばなかった。直接聞いてみようかと思ったけれど、聞いてしまったら、どうして？なんで？と、かえって問い詰められそうでこわかった。驚かせたいからお母さんには内緒ね、とやっちゃんに言い含められているのを守れそうにない、布や刺繍糸を買うお小遣いを持ち出すのだって大変だったのに……。

なんの花にしようかと考えあぐねていると、次の工程に移ったやっちゃんが、布をぴんと張っておく刺繍用の輪っかで布を挟んでネジを締めあげながら、四月からのクラブ、何にするか決めた？と聞いてきた。見学以来、検討が進まず思考停止に陥っていた私は、もうなんの花でもいい、なんのクラブでもいいという気になっていた。

四年生になった月のある日の午後、担任の先生がクラブ活動の名前を黒板に列挙した。

「今からクラブの名前を読みあげるから、そこに入りたい人は手を挙げなさい」

やっちゃんが目配せしてきた。手芸クラブに手を挙げてね。私は手を挙げた。

「音楽クラブに入りたい人！」

「はい」

「亡き王女のための刺繍」（小川洋子）を読んでいると、記憶の底に沈んでいたこんな思い出が浮かびあがってきた。

＊

「亡き王女のための刺繍」では、「私」が半世紀前を回想する形で、少女時代に着用した服へのやみがたい愛着と、それを仕立てた年上の女性りこさんへの憧憬と複雑な思いとが、綾のように語られる。

どんなに薄い縁の人であっても赤ちゃんが生まれたと聞きつけると、出産祝いを贈らずにはいられない「私」は、りこさんのお店で刺繍入りのよだれかけを注文する。りこさんは、子供の頃からひいきにしている子供服専門の仕立て屋で、先代であった先生の亡き後を継いで店を営んでいる。

りこさんは刺繍が得意で、先代の先生もその腕前には一目置き、手や口を出すことはなかった。代金が多少高くなっても仕立てた服に刺繍を依頼する客は多く、他店で買った洋服に刺繍をしてほしいと持ち込む客もいた。りこさんの刺繍は「上から付け足したのではなく、布の向こうに隠れていたものたちが何かの拍子にこちら側へ現れ出てきたという自然さをまとって」いて、「幼い者が受け取るべき愛の印」になった。

りこさんの店で仕立てた数々の服を着るとき、「私」は母親の前で〝王女〟でいられた。特にりこさんがほどこした刺繍は、「私」にとって「守護天使」であり、「邪悪なものを追い払う護符」であった。

生まれてくる赤ん坊（「私」の妹）のために、母親がベビー服一式をりこさんの店で誂《あつら》えさせた。それを「私」が受け取りに行く場面。

隅から隅まで何もかも全部が真っ白だった。これを汚さないで家まで持って帰るには、どうしたらいいのだろうかと不安がよぎるほどだった。その白さの中、首元や袖口やソックスの折り返しやよだれかけの縁に、更に深い白色の花が、たった今開いたばかりとでもいうような瑞々《みずみず》しさで刺繍されていた。流線型をした六枚の花弁を持つ、小さな花だった。それらが茎を交差させ、花びらを重ね合わせて幾つも連なりながら、生まれたての赤ん坊を祝福する時を待っていた。

「何ていう花?」

私は尋ねた。

「ツルボラン」

と、りこさんは答えた。

「ツ、ル、ボ……」

「ボーイでもガールでも大丈夫なように、白いお花にしたの」

「ふうん」

「図案集の1033ページに載ってる」

「そう」

「冥界の地面に咲いている花」

りこさんはどこか中途半端な方向に視線を向け、大きな手の細い指で私の頭を撫で、誰に向かってというのでもない口振りで「もう、お姉さんね」とつぶやいた。そうして紙箱の蓋《ふた》を閉じ、リボンを結んだ。

「めいかい、って何？」

「落とさないように持って帰るのよ」

「亡き王女のための刺繍」（『口笛の上手な白雪姫』所収）

りこさんは、誕生を寿《ことほ》ぐベビー服に死者の世界に咲く花を刺繍する。店で母親と先生の長話しがはじまってしまうと、「私」はりこさんの手仕事をのぞいたりまねしたりしながら、母親には決して買ってもらえないお菓子を、休憩室でりこさんからもらってこっそりと食べる。あるとき、ゼリーを包んでいたオブラートが喉に引っかかって「私」が飲み込みかねていると、りこさんは、早く飲み込まないとお母さんに叱られるわよといって、無理矢理飲み込ませた。

ハンカチにイニシャルを刺繍する家庭科の宿題が出ていたが、忘れていて明後日に提出期限が迫っている「私」は、りこさんに頼み込んで手伝ってもらう。自分では決してできない見事な刺繍の仕上がりにうっとりしていると、指先に刺繍糸をひっかけてしまう。その瞬間、糸がするするとほどけて、夢か幻のようにイニシャルは消えてなくなった。

　このように「私」の回想に登場するりこさんの言動や態度には、ある種の棘がある。半世紀が経った今も、りこさんは「ストーブの火、強くするわ」といったのに、寒さがいっそうつのってくる店のなかで、「私」は「りこさんは本当にストーブの火を強くしてくれたのだろうか」と思う。

　りこさんの「りこ」は、お針子の「りこ」。どんなに高い技術があろうとも、先生に雇われている一介のお針子にすぎないという自覚が、りこさんにはある。一方「私」は、店にとってはごひいき筋のお嬢さま。「私」が店の仕立てたベルベットの服を着れば、その写真は店のウィンドウに飾られ、先生は「私」を王女さまみたいと褒めそやす。母親は店をひいきにしながらも、先生を陰で「助役の二号さん」と言っているのに。

　りこさんは店の作業台から母親と先生のやりとりを眺めながら、「助役の二号さん」とその「お針子」に向けられた蔑みにも似た視線を感じとり、自分を慕ってくる無邪気な〝王女〟を心のどこかで疎ましく思っていたのではないか。そんな想像をしてみる。

ベビー服に冥界（死の国）の花を刺繍するりこさん。冥界に咲く花で思い出すのがアスフォデロス。作家須賀敦子の作品「アスフォデロの野をわたって」に登場する。オデュッセウスはアキレウスと死者の国で再会する。トロイとの戦いで踵《かかと》に矢を当てられ死に至ったアキレウスは、息子の様子をオデュッセウスにたずねる。オデュッセウスが問われるままに答えると、アキレウスはこれという反応もなくアスフォデロスの咲く野を歩き去っていった。須賀は旅先で姿が見えなくなった病弱な夫を探し歩きながら、そんな「オデュッセイア」の一節を思い出す。

アスフォデロスについていくつかの辞書や事典で調べてみると、ツルボランはその日本語名だということが分かった。漢字では「蔓穂蘭」と記し、外国語の当て字風でもある響きが、遠い土地の花であることを思わせる。アスフォデロス（ツルボラン）は、一・五メートルほどの花茎に沿って、下から上へと密に白い花を咲かせる。いくつか見た写真では、ユリの花芯とツツジの花びらをかけ合わせたような姿かたちだった。花茎の上部が蕾の状態だと巨大な土筆《つくし》のようでもあり、テレビアニメで観た『ムーミン』に出てくる「ニョロニョロ」のようでもある。これが曇り空の下の野で、ゆらゆらと風にそよいでいると、ここはどこ？私は誰？といったような空虚さがある。

須賀の「アスフォデロの野をわたって」に対して追悼エッセイを寄せた詩人多田智満子によると、「アスフォデロ」はイタリア語風な言い方で、「アスフォデロス」はギリシャ語風な言い方だという。また古代ローマ時代には、アスフォデロス（ツルボラン）を門前に植えて魔除けにしたり、墓の脇に植えて死霊への供物にしたりする風習があったという。

ギリシャ神話では、最高神ゼウスの兄弟ハデスがおさめる冥界の野に咲く花といわれている。死者の魂はまずヘルメスによって冥界の入り口まで導かれ、生者と死者を隔てる川を渡り、ハデスの館にたどりつく。そこで三神の判官によって生前の行いについて裁きを受け、多くの死者はこのアスフォデロス（ツルボラン）が咲きみだれる野にさまようと想像された。オデュッセウスはこの野でアキレウスと再会した。

冥界をおさめるハデスといえば、姪のペルセフォネを見初めて強引に連れ去り、妃にしたという話しを、高校時代、英語の副読本か何かで読んだ。たしか、ペルセフォネがニンフ（妖精）たちと花摘みに興じていると、美しい黄色の水仙が目に止まり、それを摘もうと近寄って手を伸ばした。その瞬間、大地が裂け、神馬に乗ったハデスが現われ、泣き叫ぶペルセフォネを連れ去った。

事態を知ったペルセフォネの母親で麦の豊穣を司る神デメテルは激しく怒り、娘を探して世界中をさまよったため、穀物が実らなくなった。それを憂えたゼウスがヘルメスを遣いに立て、ペルセフォネを母デメテルのもとへ返すようにとハデスに命じた。それに応えたかのように振る舞うハデスは、ペルセフォネに柘榴《ざくろ》の実を差し出す。空腹にたえかねたペルセフォネはその実を食べてしまう。冥界の食べ物を口にしたものは、冥界を去ることができないという掟に従わなくてはならない。

ペルセフォネはハデスと結婚したが、ゼウスのとりなしで、柘榴の実を食べた分だけ（十二粒中四粒）、つまり一年の三分の一を冥界で暮らしさえすれば、それ以外は母デメテルとともに暮らすことが許された。

ツルボランに導かれて、おもいがけずギリシャ神話の世界に踏み込んでしまったが、ここで、りこさんが「私」の妹のベビー服に、死者の国の花ツルボランを刺繡したことに思いを馳せてみる。

ツルボランが暗示する〝死〟とは何か、〝死者〟は誰か。人間が宿命的に迎える一般的な死だとすれば、〝死者〟は生まれたばかりの赤ん坊（「私」の妹）なのかもしれない。でも作品のタイトル「亡き王女のための刺繡」を踏まえると、母親にとっての〝王女〟、りこさんの先生にとっての〝王女〟、つまり「私」に向けられたものだと考えられる。

ここでいう〝死〟とは実際の死ではなく、少女としての〝死〟、大人の女性になっていくことのメタファーなのではないか。少女から大人の女性への転換や変貌は、本人の意思とは関係なく、さまざまな形でやってくる。ペルセフォネが突然、ハデスによって冥界へと連れ去られ、母デメテルから引き離されたように、「私」は九歳のとき、妹が生まれると母親の関心と〝王女〟の地位が妹に移り、心理的な意味で母親と引き離された。

そして身体が変化する思春期を迎えると、「私」はもう子供服を着ることはできなくなった。十三歳の冬、ピアノの発表会に着た「生地はレモンイエローのシルクで、襟にはビーズの縁飾り、背中には大きなサテンのリボンがあしらわれ、ハイウエストの切り替えから裾までスカートがふんわりと広がって」いるドレスを最後に、店で仕立てた服を着ることはなくなった。このピアノの発表会で弾いた曲は『亡き王女のためのパヴァーヌ』だった。

ドレスの色「レモンイエロー」は、ペルセフォネが冥界に連れ去られるきっかけとなったあの黄色の水仙とも重なる。黄色の水仙も「死の花」と呼ばれ、「ダフォディル」の名はアスフォデロスに由来するという。冥界に連れ去られたペルセフォネがハデスとの結婚で、少女ではいられなくなったように、このドレスによって「私」の少女時代は終わった。

ツルボランの刺繍の入ったベビー服を手渡すと、りこさんは「もうお姉さんね」とつぶやいている。そこまでやってきている「私」の少女としての〝死〟に、ツルボランを手向けたのだ。そしてそのつぶやきが、「中途半端な方向に視線を向け」「誰に向かってというのでもない口振り」で発せられたものであることを考えるとき、「私」に向けた言葉でありながら、「私」ではないもうひとりの誰か、おそらくありし日の自分自身に向けたものではなかったか。

りこさんがどういう経緯で「お針子」をしているのかは語られていないが、初めて会ったときのりこさんは、二十歳そこそこだったのではないかと、「私」は推測している。そのときすでに刺繍の腕前は相当なものだったことから、何かしらの事情で、とても早くから「お針子」として働いていたのではないか。十分な少女時代を経ることとなく〝王女〟として扱われることとなく、〝死〟を迎えてしまったりこさん。ツルボランはそんな幼い自分への手向けの花でもあったのかもしれない。

＊

大好きだった音楽の先生が噂どおり退官すると、新たな先生が着任した。大好きだった先生は、クラシック音楽が似合う上品な年輩のご婦人といった感じだったが、新任の先生はコーヒーとチョコレートとＹＭＯをこよなく愛し、当時流行していたオーバーオールのジーンズのスカートをよく履いていた。

初授業の日、教科書の最初のページから何かを歌ったり笛を吹いたりするのではなく、プリントされた楽譜が配られた。タイトルには『君に、胸キュン。』とあり、皆、目を丸くした。これを五月の運動会で演奏するので、みんな、来週まではアルトリコーダーで吹けるようにしてきてね。

音楽の楽しさを教えようとする熱意がある分だけ、厳しい先生だった。期限までに自分が想定したレベルに演奏が到達していないと、何それ？ちゃんと練習してきたの？といって指揮棒を床に投げつけた。退官した上品な先生とのギャップが激しすぎて、クラスの大半が先生に反発した。けれども、私は血が湧き踊った。こんな先生初めて！こわいけど、おもしろそー！！

その先生が音楽クラブを担当すると聞いて、入ろうと決めた。やっちゃんとの約束を破ることになってしまうのは、後ろめたかったけれど、音楽の先生に出会ってしまったという感動の方がまさった。音楽クラブの名前が読みあげられて手を挙げたのは、私だけだった。クラスのみんなが、えーという驚きの目で見た。よりによって、あの先生のクラブに入るなんて！でも、あいつ、やっちゃんとつるんで同じクラブに入るんじゃなかったの？そんな目だった。

みんな入るクラブが決まると下校した。やっちゃんに声をかけようとしたけれど、かけていい言葉などなかった。それからやっちゃんとは卒業まで口をきくことはなかった。

結局、四年生から六年生までの三年間、私は音楽クラブで過ごした。最初の年こそ同学年はたったの三人、六年生まで含めても十人にも満たないクラブだったのに、先生の熱心な指導と学校行事での出番の多さが実を結び、翌年、翌々年には五十名を超える大所帯となった。私は最後の六年生のときに、部長を務めた。一方やっちゃんは手芸クラブ、陶芸クラブ、絵画クラブと創作系のクラブを渡り歩き、行く先々で、職人、アーティスト顔負けの作品を残し、ときには都道府県のコンクールで大きな賞をとることもあった。

卒業式の日、やっちゃんに呼び止められた。あのときの裏切りを詫びると、きれいな紙に包まれた何かを渡された。紙の折り目のひとつひとつに、やっちゃんのものづくりにかける繊細な魂が宿っていた。家に帰って包みを開けてみると、あの年、母の日にプレゼントしようとしていた花の刺繍のハンカチがあらわれた。

私の裏切りで刺繍をつづけることはなかったけれど、彼女は最後まで仕上げていた。でも、なぜお母さんにプレゼントするはずのものを、私にくれたんだろう? たしかピンクの花だったのに、どうして白の花なんだろう? そんな疑問が頭をよぎったが、彼女は引っ越して遠くの中学に進学してしまったため、たずねる機会を永遠に失った。

ずいぶん長い年月が経って、大学に入った頃だったか、やっちゃんが刺繍した花は、グラジオラスという名の花だったことを知った。そして白のグラジオラスは、棺に横たわる死者に手向ける花だということも。

蛇に呑まれた桜

「桜心中」（泉鏡花）の桜を生ける

以前、勤めていた職場の向いに、ちょっとした古めかしいお屋敷があった。木の塀に囲まれた緑豊かなお屋敷で、春にはみごとな桜を塀越しに見ることができた。欲張りな私たちはお屋敷の庭が真上から見渡せる上階の会議室でランチをしながら、ガラス越しのお花見を楽しんだ。夏には、お屋敷の鬱蒼《うっそう》とした木々に生息する蝉の声が聞こえた。古い池があったのか、沼くさいというか、苔が暑さで蒸されたような匂いがした。クリスマスが過ぎると、大きなホテルでしか見られないような立派な門松が立てられ、その年が終わろうとしていることを感じた。

江戸城を取り巻くように建てられたどこかの藩の上屋敷の一部で、おそらく屋敷内の庭園にあった東屋《あずまや》か離れのような一角が、住居として人手に渡り使われていたのではないかと想像させる、箱庭程度の広さなのだが、その内では、日本の高度経済成長やバブル経済の喧騒、その後の凋落とは無縁な、悠久の時間が季節とともにめぐっては去り、めぐっては去りが繰り返されているような気がしていた。

東京の一等地、ある怪談話でも有名な場所柄、お節介にも相続を心配する輩《やから》もいた。お屋敷のご主人が亡くなったときには、相続人たちは土地を売却しないと相続税が支払えないのではないかと噂した。たしかに現実問題はそうなのだが、そんな話しを聞くと、私たちの〝秘密の花園〟が荒らされたような気分になった。

しかしその日はとうとうやってきた。「忌中」の紙が貼られたのだ。子供の頃は、自宅で葬式を出す家があると、門や玄関の扉に「忌中」という紙が貼られているのをよく見かけたものだが、マンション暮らしが長く、葬式は寺院やセレモニーホールで執りおこなわれる昨今、そんなものを見ることもなくなった。亡くなった方が必ずしもお屋敷のご主人とは限らない……。「忌中」の紙に向かって手を合わせながら、胸に湧きあがってきた嫌な予感を打ち消そうとした。

しばらくお屋敷に関する動きはなく、何ごともなかったかのように、また箱庭では季節が過ぎていった。そんな様子にすっかり安心しきって、亡くなったのはご主人ではなかったのだと思い込んでいたある日、大きな重機が動き出す音がした。なんの音だろうと思って窓に近づき外を見ると、向かいのお屋敷の家屋が取り壊され、池が埋められ、木々が切られようとしていた。社内の誰もがその箱庭を自分の庭のように思っていただけに、騒然とした。

私も例のお花見をする上階の会議室に駆けあがっていくと、それまで木々で覆われていて見えなかったお屋敷の全貌があらわになっていた。緑豊かな箱庭の変わり果てた姿に震えが止まらなかった。とうとうはじまってしまった……。窓に張りついていた社員たちが、それぞれに言葉を失った。

チェーンソーがいよいよあの桜の木に近づこうとする。せめて桜の木だけは切らないで……ビルを建てたって、桜の木は残せるはず……。皆がそう祈った瞬間、突然チェーンソーのブーンという音が止んだ。何があったのかよく分からないながらも目を凝らしていると、まだ壊されていなかった木戸から、屋敷のなかに入っていく人の姿が見えた。あれ、Aさんじゃない?横で見ていた同僚が声をあげた。

Aさんとは勤務先の代表だ。代表はなかで重機を操作する人や現場監督のような人と話しをはじめた。ああ、Aさんなら桜の木を救うことができるかもしれない。私をはじめ誰もがそんな期待を抱いた。しかし同時に、泉鏡花の「桜心中」の結末が頭をよぎった。

＊

母の通院付き添いの長い待ち時間に本屋に入ると、『文豪怪談ライバルズ！桜』（東雅夫編）という本に手が伸びた。桜をテーマにしたアンソロジーはいろいろあるけれど、怪談という切り口は新鮮かもと思いながらパラパラとめくった。すると目次の頭に「桜心中」の文字を見つけた。あの「桜心中」？あれが怪談？

学生時代に、泉鏡花で卒論を書こうとしていた先輩に、歌舞伎役者の坂東玉三郎さんによる「天守物語《てんしゅものがたり》」を芝居でなら観たことがあるけど、代表作の「高野《こうや》聖《ひじり》」ですら読んだことがないというと、意にも解さず涼しげな顔でこう言った。

「『桜心中』ならあなたの好みかもしれない。軍隊の命令で切られる運命にある桜の精が、夫と思っている桜に会いに行くのよ。そこですったもんだあって……という話しなんだけれど、読んでみたら？」

桜の精？ 切られる運命？ 夫の桜？ にわかには理解しがたいキーワードばかりだったけれど、神話を思わせる荒唐無稽なストーリーにがぜん興味が湧いてきて、大学の図書館にしばらく入り浸った。

しかし、鏡花の文体にどうしても慣れることができなかった。古文と現代文が混ざったような不思議な文体、流れるようなリズムや和歌や漢詩を思わせる典雅な言葉遣いや表現ではあるものの、専攻していた『源氏物語』のような古文でもなければ、今日の現代文でもない。鏡花と同時代の漱石や鷗外、田山花袋などとも違う何かで、まったく歯が立たなかった。

三十年ぶりにもう一度挑戦してみようと『文豪怪談ライバルズ！桜』をさっそく購入して、病院の待合室で読みはじめた。相変わらず、現代の私たちにとっては読みやすいとはいえない文体ではあったが、仕事で苦手な分野や知見のない分野の資料を読んできたせいか、あるいはお世辞にもうまいといえない文章をたくさん解読してきたせいか（それと〝文豪〟を比べるのも失礼な話しだが）、学生のときよりは忍耐強くなっていた。

あのとき読み飛ばした冒頭から読んでみる。

ある茶店《ちゃみせ》で主人は盲目の男の客と下世話な世間話に興じながら、飼っている鶯の餌の準備をはじめる。鶯をよい声で鳴かせるために、餌に焼いた蝮《まむし》を秘伝の調合で混ぜて与えるという。その餌を食べた鶯は単に声がよくなるだけでなく精力が増大すると聞いた盲目の男は、自分がその鶯を食したいと考え、金三十両で譲り受ける交渉が成立する。

すると別室で休憩していた美しい婦人から、鶯の声がよいから姿を見たいとの所望があり、小間使いの少女が主人の許可を得てとどける。婦人は鶯の声、姿にうっとりしながらも、「お前《まへ》さんね、お腹《なか》が空《す》いても変《へん》なものを食《た》べるんぢやありませんよ。……可《い》いかい、蝮《まむし》が欲《ほし》いのなら熟《じつ》として此処《こゝ》においで、可厭《いや》なら、籠《かご》を出《で》ておくれ、分《わ》かつて？　さあ、」と言って、鳥籠の戸を引くと、鶯は飛び立っていった。

驚き慌てふためく主人と盲目の男は婦人に悪態つくも、婦人は清々しい様子で金貨ひとつを置いて席を立つ。近くの食事どころで食事をしているから、不足だったら呼び出してくれと言って、公園に向かって歩いていった。

夜更けに婦人が公園のなかの富士見桜のもとにひとりたたずんでいたり、ひとり歩いていたりするのを不審に思ったある青年が、声をかける。青年は婦人の様子から、身投げするのではないかと思ったのだ。声をかけられた婦人は、自分は軍隊の命令で切られる運命にある江月寺《こうげつじ》の枝垂れ桜の精だと名乗り、公園内の夫と慕う富士見桜に別れを告げにきたが、桜は何も言ってはくれないので、桜に成り代わって何か言ってほしいと青年に懇願する。青年は婦人の荒唐無稽な話しに面食らいながらも、切羽詰った様子に気おされて一緒に死のうと言い出す。

そうか、こんな話しだったのか。戦前に編まれたらしい『鏡花全集』(岩波書店)を、大学の図書館でホコリにまみれながら読んだときには、後半の婦人と青年とのやりとりしか理解できなかったのだが、衝撃の結末に向けて、前半にこのような伏線が引かれていたのかと合点がいった。三十年の時を経て、やっと話しの全体像がつかめた。

そして、明治初年五月前後の金沢が舞台になっていることも分かった。本作品所収の『文豪怪談ライバルズ！桜』の解説によると、切られる予定の江月寺の枝垂れ桜とは、金沢に実存する松月寺《しょうげつじ》の大桜がモデルだという。そのほか、桜の精（婦人）が夫と慕う公園の富士見桜は兼六園内の旭桜がモデルだということも分かった。明治政府の富国強兵政策による近代化にともない、それまで美しいとされながらも、経済性にも強兵性にも寄与しないものが壊され、傷つけられていくことへの哀感と読むこともできるのだが、話しの全体像がつかめたとき、もっとその奥に別の何かがあるような気がした。

桜といえば、古来、咲くことや散ることが日本の文学作品の重要なテーマになってきた。特に「散る」ことに、ものごとの変化や命のはかなさ、もの狂おしさ、その延長にある死のイメージを見出してきたのだが、桜の木が切られることがテーマとなる作品については、すぐに思い浮かぶものがなかった。また、「桜の精」というのも、説話あたりにありそうな気もするけれど、これもピンとくるものがなかった。

「切られる桜」と「桜の精」についてインターネットで調べているうちに、民俗学関係の調査で報告された怪異・妖怪の事例を網羅的に収集している国際日本文化研究センターの「怪異・妖怪伝承データベース」にたどりついた。さっそくキーワードを入れて検索すると、北海道松前の光善寺にある樹齢三〇〇年の古木の桜に、次のような伝説があることが分かった。

松前城本丸に隣り合った寺の光善寺と龍雲寺があり、この二本の桜の根はつながっているといわれる。この桜には伝説があり、昔、お芳という娘が芳の山から手折って持ち帰った桜が成長したもので、一重桜に八重の花が咲いたという。ある時、この桜に血脈がかかっており、誰も取りに来るものがいないので、桜の霊魂が血脈を頂いたのだという噂がたった。

「血脈桜」一二三二一四二

国際日本文化研究センター「怪異・妖怪伝承データベース」

これを読んでも、にわかに「桜心中」の何かと結びつけて考えることはできないが、ところどころ通じ合う何かがある。ちなみに「血脈《けちみゃく》」とは、法門の由緒を証明するものである。

まず前半の「光善寺と龍雲寺があり、この二本の桜の根はつながっているといわれる」という部分は、「桜心中」の江月寺の枝垂れ桜（桜の精）とその向いにある公園の富士見桜が夫婦の桜であることに通じると感じたため、さらにリサーチした。

龍雲寺は現在、龍雲院というのだが、そこの蝦夷かすみ桜は光善寺の血脈の桜とともに松前の三大桜といわれている。樹齢一〇〇年前後のものらしいが、樹齢三〇〇年の光善寺の桜と根でどのようにつながっているのか、それに関連する伝説などを各種調べてみたが、分からなかった。

一方、後半のお芳という娘が持ち帰った桜に血脈がかかっていた、それは桜の霊魂がおいていったと伝えられているという部分をもとに、光善寺の桜について調べてみると、鍛冶屋の娘が、父親とともに上方へ旅をした際、吉野で懇意になった尼から贈られた桜を、松前に戻ってきて菩提寺である光善寺に寄進したとあった。

後年、光善寺の本堂を立て直す際に、桜の木が邪魔だということで切られることになっていたが、ある夜、今日明日の命であるため血脈がほしいといってきた若い娘がいた。その熱心さにほだされて住職が血脈を授けると、翌朝、桜の木にその血脈がかかっていた。住職は血脈をもらいにきた若い娘は桜の精か桜を寄進した娘の霊だったと悟り、桜の木を切るのをやめたという。そのような言い伝えにより、桜は「血脈桜」と呼ばれているという。

やっと「切られる桜」と「桜の精」にたどりついたが、結局現時点では、血脈桜と「桜心中」の直接的なつながりを示す材料を見つけることはできなかった。ただ、ひとつだけ興味深い解説を読んだ。血脈桜は、北前船によってもたらされたものだという。

ご存じのように北前船とは、北海道から北陸側の日本海を経由して下関を周り込み、瀬戸内海に入って上方に到着する商船群だが、鏡花の故郷と本作品の舞台が北陸金沢であることを考えると、物品の往来と売買の過程で、桜を寄進した娘の伝説と吉野の桜の苗木が北陸を行き来したのではないかと考えてみると、血脈桜と「桜心中」との距離がグッと縮まると感じるのは、私だけだろうか。

さて、ここからは「桜心中」で語られる源義経の物語と桜について考えてみたい。
江月寺の枝垂れ桜の精だと名乗る婦人が、夫と慕う富士見桜とのことを次のように語っている。

昔《むかし》、義経主従《よしつねしうじう》が、山伏《やまぶし》に成《な》つて、安宅《あたか》を越《こ》して、此《こ》の北国《ほくこく》の海道筋《かいだうすぢ》を、大野《おほの》の浜《はま》へ通《とほ》る途中《とちう》、此《こ》の樹《き》の下《した》にお憩《いこ》ひだつたと言《い》ひ伝《つた》へて、卿《きやう》の君《きみ》の記念《かたみ》に貽《のこ》つて、（君桜《きみざくら》）と云《い》ふにつけて、富士見《ふじみ》の方《はう》は、判官桜《はうぐわんざくら》と云《い》ふんですつてね。

「桜心中」（『文豪怪談ライバルズ！桜』所収、以下同）

卿の君って誰だろう？義経に関係のある女性といえば白拍子の静御前しか思い浮かばないが、ふと歌舞伎や人形浄瑠璃でお馴染みの『義経千本桜』を思い出し、そのストーリーを確認してみた。『義経千本桜』のストーリーは複雑なので詳細はここではふれないけれど、そのなかに卿の君はいた。義経の妻で、義経の不忠を疑う頼朝の使者に、平家の養女であることを疑われて、夫義経と本当の父親（実はその使者）を守るために自害する女性だった。
ただし『義経千本桜』のなかには、婦人（桜の精）が語るようなエピソードはなく、奥州までの道々に残る義経伝説のひとつなのかもしれない。婦人は桜の精として自分をこの卿の君に、夫と慕う富士見桜を義経になぞらえ、そこに婦人自身が、結婚してたった三日で夫と死に別れた身の上とはかない縁を重ねている。妄想とも真実とも分かちがたい婦人の語りは、何度読んでも、桜の精としての話しなのか、婦人自身の身の上の話しなのか区別がつかず、頭がクラクラしてくる。

そしてもうひとつ、桜にからむ義経の物語がちらつく。

婦人の懇願により、青年が富士見桜になりかわって一緒に死のうと言うと、婦人は本懐を遂げたと言い、富士見桜から切り落してきた一枝を髪に挿して、自分の小指を切り落とす。婦人は桜の一枝の代わりに指を切り落としたと言うのだが、やはり最初、なんのことだかよく分からなくて調べてみると、『一谷《いちのたに》嫩軍記《ふたばぐんき》』の重要なテーマであることが分かった。これも歌舞伎や人形浄瑠璃ではお馴染みの演目で、「熊谷陣屋《くまがいじんや》」が特に有名だ。

義経は、後白河法皇《ごしらかわほうおう》の御落胤《ごらくいん》である平敦盛《たいらのあつもり》を救いたいと考える。一ノ谷の合戦で訪れた須磨の陣屋に咲く若木の桜に「一枝《いっし》を盗むものは、一指《いっし》を切り落とす」という制札《せいさつ》（禁止事項を書いた札）を立てる。制札の真意を察した義経の家臣熊《くま》谷直実《がいなおざね》は、敦盛を討ったと見せかけて、我が子小次郎を身代わりとし、その首実《くびじっ》検《けん》に小次郎の首と制札を義経に差し出すというストーリーだ。タイトルにある「嫩《ふたば》」とは、柔らかい新芽、つまりふたりの若者敦盛と小次郎のことなのだ。

「一枝を盗むものは、一指を切り落とす」とは、敦盛（桜の一枝）の代わりに、小次郎（一指）を差し出せということを意味したわけだが、「桜心中」にもそのテーマが重ねられている。婦人は切られる枝垂れ桜の身代わりにみずからの小指を切り落とした。私にはそう思えた。

婦人は桜となんの縁もなく桜の精だと名乗っているわけではなく、江月寺の脇に亡夫の故《ふる》い屋敷があり、その奥まった二階から江月寺の枝垂れ桜が咲くのを眺め、それを楽しみにしていた。むしろ婦人こそが、枝垂れ桜にまつわる卿の君と義経の伝説に自分と夫を重ねて、その思い入れから桜にのり移った、あるいは桜の精を引き出したともいえる。婦人にとって、枝垂れ桜は亡夫を偲《しの》ぶよすがであり、自分そのものなのだ。だから自分が身代わりになって一指を切り落とす（死ぬ）ことで、桜を救いたいと考えたのではないか。

先ほど便宜上、「江月寺の脇に亡夫の故い屋敷があり、その奥まった二階から江月寺の枝垂れ桜が咲くのを眺め」と言ったが、作品の本文には「相馬《さうま》の古御所《ふるごしよ》のやうな奥《おく》にかくれて、忍《しの》びづくりの二階《にかい》から見《み》えます。あの、君桜《きみざくら》の咲《さ》くのを……略……」とある。「相馬《さうま》の古御所《ふるごしよ》」というのも『世善知鳥《よにうとう》相馬旧殿《そうまのふるごしょ》』という歌舞伎の演目のひとつで、平将門《たいらのまさかど》が天慶《てんぎょう》の乱で討たれた後、遺児で妖術使いの滝夜《たきや》叉姫《しゃひめ》が相馬の古城に籠って、亡父の仇を討とうと天下転覆を謀る話しだ。

「桜心中」では、隊列の通り道にあると邪魔だという理由から枝垂れ桜を切るよう、軍隊が命を下したとある。「軍隊」とはおそらくときの政治体制と同じ意味であり、その命令が覆ることはない。


馬上《ばじやう》で樹《き》の下《した》を潜《くゞ》るのに、馬《うま》の鬣《たてがみ》が乱《みだ》れます、旗《はた》を倒《たふ》さねば成《な》りません、槍《やり》を伏《ふ》せねば成《な》りません。

槍《やり》は北斗《ほくと》の星《ほし》をも貫《つら》ぬき、旗《はた》は雲井《くもゐ》に飜《ひるがへ》るべきものなのです。鬣《たてがみ》の乱《みだ》れるのは、崩《くづ》るゝ女《をんな》の黒髪《くろかみ》より大切《たいせつ》です。

切《き》られなければ成《な》りません。枯《か》れなければ成《な》らんのでせう。覚悟《かくご》に未練《みれん》は無《な》いけれど、悲《かな》しいもの、貴方《あなた》、情《なさけ》ないもの、貴下《あなた》、果敢《はか》ないつたらないんですもの。

婦人はこのような覚悟をしたからこそ、滝夜叉姫のような抵抗を試みたのだ。婦人は一見すると、はかなく美しく感傷的な女性のように語られている。しかし、夫と父親を救うために身代わりとなって自害した卿の君、敦盛を救えという命令に従ってみずからの子を身代わりに差し出した熊谷直実など、身代わりによる死をテーマにした物語をいくつも重ねるとともに、亡父の仇を討とうと天下転覆を謀る滝夜叉姫の世界を引き込むことによって、深い覚悟と激しい思いを持って桜が切られることに抵抗する婦人が見出せる。

小指を切り落とすまでの婦人の覚悟の甲斐あって、その直後、枝垂れ桜の伐採を命じた張本人の士官があらわれる。ふたりのやりとりを背後の崖の木の陰から見ていたという。婦人の言葉や行動に軍人にもない覚悟に感じ入って、枝垂れ桜を切る命令を取り下げると約束した。しかしその約束に婦人と青年が安堵したのも束の間、思いがけない人物がやってくる。

前半、婦人が茶店で、金三十両での買い付けが決まっていた鶯を逃がしたのを根に持った盲目の男が、婦人の後をつけてきていた。士官と婦人と青年のやりとりを見ていた男は、女ひとりにいい格好をしたくて命令を取り下げるのかと言いがかりをつけ、地元の有力者や新聞に暴露してやると言い出す。

この盲目の男は、下川忠雄という名で地元の金貸しの倅《せがれ》、検校《けんぎょう》だという。検校といっても、江戸時代まであった目の不自由な人たちによる平曲、地歌、箏曲、三味線、鍼、按摩といった職業を束ねて専有化した特権的な集団の最高位の検校ではなく、明治に入ってそれが廃止された後、音楽の技芸に携わるものに、技芸の資格名として私的に与えられたものだと考えられる。前半、茶店の主人との会話から、下川は箏曲を生業《なりわい》とすることがうかがえるので、その資格保有者としての検校なのだろう。

とはいえ家が金貸しを営み、金三十両がすぐに用意できるくらい裕福で、言いがかりに出てくる地元の有力者や新聞関係者とのつながりがあるのも、その昔、職業集団内で官職を得るのにおさめられた莫大な金銀（上納金）を使った金融業が、幕府から特別に認められていた時代の名残りなのではないか。

士官、青年、婦人の前に下川があらわれたとき、青年が下川を激しく嫌悪して、「其《それ》は土着《どちやく》の動物《どうぶつ》です、此《こ》の国《くに》には穴居時代《けつきよじだい》の、こんな、蜘蛛《くも》が沢山居《たくさんゐ》ます。奇《き》怪《くわい》な道徳《だうとく》の巣《す》を編《あ》む虫《むし》です。……様子《やうす》が分《わか》らないと扱《あつか》ひ悪《にく》い。」と声を荒らげる。「穴居時代《けつきよじだい》」とは前近代のことで、「土着《どちやく》の動物《どうぶつ》」や「蜘蛛《くも》」「奇怪《きくわい》な道徳《だうとく》の巣《す》を編《あ》む虫《むし》」とは、職業集団に許されていた治外法権を笠に着て、いまだに好き勝手傍若無人に振る舞う下川をそのように表現しているのではないか。

青年には以前にもこの公園で、別の婦人が塞ぎ込んでいる様子を見かけながらも、声をかけることができないでいたら、後日、身を投げて死んでしまったという過去があった。その婦人（実は良家の娘）が勤務する工場の主人が盲目の男で、婦人を口説きながらも相手にされなかったことを恨んで、嫌がらせをしたことが自殺の原因だった。嫌がらせをした工場の盲目の主人が、下川かどうかは明示されていないが、裕福な実家が営む工場で下川が名目上の主人をまかされていたと考えられるのではないか。いずれにしても下川のような男に関わってはいけないことを、青年は知っているのだ。

下川は前半から服装、姿かたち、話し方、笑い方などのすべてにおいて嫌悪すべき人物として語られていて、ここでの登場では、「腹《はら》を引摺《ひきず》るやうに脊筋《せすぢ》を畝《うね》らし、蛇《へび》のやうに潜《ひそ》んで居《ゐ》て、此時《このとき》のろりと立《た》つたのである」「毒《どく》の溢《あふ》れた紫色《むらさきいろ》して、黄《き》なる歯《は》をむき唇《くちびる》を震《ふる》はせながら、三人《にん》を見送《みおく》つて、蛇《へび》の矗《しゆく》したる如《ごと》く、背畝《せうね》りして突立《つッた》つたが」と「蛇」に喩えられている。

蛇と桜の組み合わせといえば、和歌山県の道成寺に伝わる安珍清姫《あんちんきよひめ》伝説が舞踊化された『京鹿子娘道成寺《きょうがのこむすめどうじょうじ》』を思い出す。桜が満開の道成寺では、鐘楼《しょうろう》再興の奉納と供養がおこなわれていた。そこに、ひとりの白拍子がやってくる。道成寺ではその昔、僧安珍を慕い追ってきた清姫が大蛇となって、安珍をかくまった鐘もろとも焼きつくして以来、女人禁制となっていたのだが、舞を舞うことを条件に入山が許される。その白拍子、実は清姫の化身《けしん》で、舞を舞っているうちに安珍への妄執を思い出し、再び大蛇となって鐘にからみつく。

「桜心中」に、『京鹿子娘道成寺』の桜や大蛇がそのまま当てはめられているわけではないが、満開の桜のもの狂おしさ、蛇に象徴される手放しがたい妄執、そこからは決して逃れられない運命といったものが、響き合っているようにも思えてくる。

大蛇や蛇というのは、古来、水の神の化身であり信仰の対象でもあったが、時代がくだるとともに、邪淫や妄執の象徴となった。上田秋成の『雨月物語』におさめられる「蛇性《じゃせい》の婬《いん》」も、かなり乱暴な言い方をすれば、中国の白蛇伝（白蛇が美しい女性に化けて、淫慾を満たそうと若い男性をさらう民間伝承）と安珍清姫伝説を足して二で割ったような話しで、蛇は江戸時代後半には妄執ゆえの怨念と復讐のシンボルだったという。

青年が過去に声をかけそびれて自死した女性への下川（らしき男）の執心を考え合わせると、下川の蛇性には、鶯を逃した美しい婦人（桜の精）への語られざる邪《よこしま》な執心が垣間見える。

結局士官は、下川の「土着《どちゃく》の動物《どうぶつ》」や「蜘蛛《くも》」「奇怪《きくわい》な道徳《だうとく》の巣《す》を編《あ》む虫《むし》」「蛇《へび》」を思わせる不気味さにうろたえ圧倒されて、桜の木を切ると翻意する。ついには婦人と青年を連れて、その場を立ち去るしかなかった。下川は鶯を逃したことへの復讐を果たしたのと同時に、決して手に入ることのない高貴な婦人（婦人はある公爵の娘で亡夫は子爵）への禁忌を犯し、呑み込んだ。ここまできてはじめて、前半の鶯とその餌に混ぜられる蝮が、婦人と下川の関係そのものだったことに思い至る。

同時に下川に象徴される「穴居時代《けっきょじだい》」の「蛇《へび》」が、近代化の象徴である「軍隊」や「士官」ですら呑み込む不気味な力に、身震いした。

三人が立ち去ったあと下川は……。

＊

向かいのお屋敷の桜の木を切らないよう交渉をはじめた代表Aさん。

後で聞いた話しによると、お屋敷の解体工事とビルの建設を手がける会社が、その昔、Aさんが勤務していた大手企業のグループ会社だったこともあり、せめて桜の木だけでも残せないかと交渉したという。

しかしお屋敷の人たちにはその人たちなりの事情があり、大きな会社との売買契約が、桜の木一本で覆るはずもない現代、結局、木は切り倒され、池は埋められ、お屋敷は取り壊され、近代的なビルが建てられた。ガラス張りの一見おしゃれなビルだったが、日中、それに反射する光に私たちは悩まされた。

ある年の春、年度始めのあれこれに忙殺されて、深夜残業をこなしていた。コンビニで買ってきた遅い夕食をとりながら、なんの感興も湧かない向かいのビルを無気力に眺めていると、そのガラスの奥に、満開の桜が映り込んだ。

夏

純度の高い恋は地に落ちて、いっそう輝く

「ナイチンゲールとばらの花」（オスカー・ワイルド）の赤いばらを生ける

子どもの頃、俳優の岸田今日子さんや宮城まり子さんらが声優となって、世界の名作童話を語るテレビアニメがあった。それぞれ童話といっても昔話やおとぎばなしの回もあれば、人間の真善美やかなしみを描いた短編作品の回もあった。私は前者の方が好きで、後者はなんとなく説教くさくて暗いなと思っていたので、そんなときは、チャンネルを変えて別の番組を観た。

昔話やおとぎ話の回は子供向けのカラフルな通常のアニメーションなのだが、その日は全体的に色のトーンが重いアニメがはじまったので、今日は暗い作品の回だと思って、いつものようにチャンネルを変えた。ところがほかのチャンネルでもあまり興味の引くものがなくて、結局、世界の名作童話に戻ってきて、仕方

なくそれを観ることにした。

ある青年には好きな女性がいる。女性から真っ赤なばらを持ってきたら、あなたの愛を受け入れると言われるが、彼のまわりには赤いばらはなく、絶望している。青年に恋しているカナリアは、赤いばらを求めて街中をたずねまわる。ようやく、あるばらの木の刺に心臓を突き刺せば、赤いばらを咲かせることができると知って、カナリアは迷うことなく刺にみずからの心臓を押しあてた。翌日、青年がばらの木の近くを通ると、こと切れた一羽のカナリアと一輪の真っ赤なばらに気づく。事情を察した青年は赤いばらを手に取って好きな女性のところへ向かう。ところが、そんなもので私の気持ちが得られるわけがないと、にべもなく断られてしまう。青年はかなしみのあまり、ばらを川に流してしまう。

うろおぼえだけれど、たしかそんな話しだった。あれはいったいなんという物語だったのか。おぼろげな記憶を頼りに「カナリア」「青年」「赤いばら」というキーワードで検索してみる。すると、カナリアだと思っていた鳥はナイチンゲールという鳥で、オスカー・ワイルドの「ナイチンゲールとばらの花」という作品であることが分かった。オスカー・ワイルドといえば、十九世紀末にロンドンやパリを拠点に活躍した作家で、日本では童話「幸福の王子」や戯曲「サロメ」などで知られている。「ナイチンゲールとばらの花」は、新潮文庫の九編の短編がおさめられている表題『幸福な王子』で読むことができると分かり、さっそく購入した。

＊

青年は哲学を修める学生で、想いを寄せる教授のお嬢さんから、赤いばらを持ってきたら舞踏会で一緒に踊りましょうと言われる。青年は恋や芸術は論理学や哲学といった学問より劣り、なんの実益もないものだと考えている。赤いばらが身近になくて絶望する彼を慰めようと、ナイチンゲールが歌で語りかけても、その歌声は美しくはあるがなんの役にも立たないと思うような青年だ。教授のお嬢さんも、青年が好きか嫌いかというより、身分や肩書き、宝石が最上のものであり、愛だの恋だの花だのは、一顧だに値しないものだと思っている。

一方ナイチンゲールは、恋に煩悶《はんもん》する青年の姿に、それまで歌の世界でしか知らなかった本物の恋のありようを見出し、「いかにも恋とはふしぎなものだ。エメラルドよりも貴《とうと》く、みごとなオパールよりも高い。真珠《しんじゅ》や石榴石《ざくろいし》でも買えなければ、市場に陳列《ちんれつ》されてもいない。商人から買うこともできなければ、黄金と引きかえに天秤《てんびん》で秤《はか》りわけることもできない」と考える。ナイチンゲールにとって「恋は哲学より賢」く、「権力よりも強」いものなのだ。ばらの木にあなたの命と引き換えるならば、赤いばらを咲かせることができると言われ、ナイチンゲールはなんのためらいもなく、「恋は命にもまさるものです」と言い切る。

月が天上に輝くとき、ナイチンゲールは恋の歌を高らかに歌いあげながら、ばらの木の刺にみずから心臓を押しあてた。

するとふしぎなばらは真紅になったのです、東の空のばらみたいに。帯状になった花びらは真っ赤で、芯もルビーのように真っ赤でした。

ところが、ナイチンゲールの声はかすかになり、小さい翼は羽《は》ばたきはじめ、目がかすんできました。歌は次第にかすかになり、のどに何かつまるものがあるような気がしました。

それから、ナインチンゲールは最後にひと声高く歌いました。白い月がそれを聞いて、あかつきを忘れ、そのまま空でためらっていました。赤いばらがそれを聞いて、うっとりと全身をうちふるわせ、花びらを冷たい朝の空気に向かって開きました。こだまが、丘にある紫《むらさき》の洞窟《どうくつ》へその声を運び、眠っている羊飼いの夢をさましました。歌声は川の葦《あし》のあいだをただよい、葦がそのたよりを海へつたえました。

「ほら、ごらん！」ばらの木が叫びました、「やっとばらができあがったよ」。でもナイチンゲールは返事をしなかった、胸に刺を突きさして、長い草のなかで死んでいましたから。

「ナイチンゲールとばらの花」（前掲書所収）

しかしナイチンゲールの想いは虚しく、青年の無知と教授のお嬢さんの打算によって赤いばらはうち捨てられ、荷車に轢《ひ》かれてしまう。

幼い頃に観たテレビアニメでは、青年とナイチンゲールは心が通じ合っていたような記憶があるが、原作では、青年が徹底的にものの心を知らない人物として描かれていることで、ナイチンゲールの純粋さがより際立ってくる。

赤いばらが愛を伝え表現する手段であり、その象徴であることは、この物語に限らず、私たちが暮らす現代の社会でも変わらない。

「百万本のバラ」という歌を聞いたことがあるだろうか。絵描きが女優を好きになり、小さな家とキャンバスをすべて売り払って、真っ赤なバラを街中から買い集め、彼女に贈るという歌。もともとこの曲は、周辺の大国に運命を翻弄されてきたラトビアの苦難と悲劇を歌ったものだったが、ソ連（現ロシア）の詩人がグルジア（現ジョージア）に逃れているとき、女優に恋した絵描きが、彼女の泊まる宿の前の広場を花で埋めつくしたという逸話をもとに作詞し、ソ連の国民的歌手が歌ったという。

日本ではさまざまな縁を経て、映画監督で脚本家の松山善三さんや歌手の加藤登紀子さんがその訳詞をしたという。ふたりの訳詞を読み比べてみると、加藤さんの訳詞は逸話のエピソードを忠実に訳した印象があるのに対して、松山善三さんの方は情念を込めて「ぼくのこの命あなたに捧げましょう」とあり、まさにナイチンゲールそのものなのだ。

女優に恋した絵描きの逸話を読んであれ?と思った。女優が泊まる宿の前を埋めつくしたのは「花」とだけあって、「赤いばら」とは書かれていないからだ。詩人が作詞の際にあえて真っ赤なばらを選び、持てるもの(大切なものや財産、命)と引き換える献身のストーリーに仕立てたのだろうか。

十数年前、あるところで「バラの文化史」という発表をおこなった。そのときの調査でばらに関するさまざまな文献を読み、キリスト教の文化圏では一時期、ばらはキリスト教世界の完全性や高い精神性をあらわし、白いばらは聖母マリアの純潔を、赤いばらはキリストの殉教を象徴していたことを知った。

そのイメージにしたがえば、赤いばらが語る「愛」とは、キリストが民のために(ひいては神のために)そうしたように、他者にその身を捧げることなのだろう。オスカー・ワイルドや「百万本のバラ」を作詞した詩人が、それをどこまで意識したのかは分からないけれど、キリスト教の文化圏で暮らす人々の赤いばらに対するイメージは、無意識のうちにそのようなものだったのではないか。

ナイチンゲールは恋について「その息は乳香のようですわ」という。乳香とは、カンラン科の樹木の樹脂からつくられた香物で、キリストの誕生を祝って東方の三博士によってもたらされ、現在もキリスト教の儀式で使われる。また、先に引用した赤いばらが咲いた瞬間には「葦」があらわれる。刺、葦といえば、キリストが十字架に磔《はりつけ》にされた際、ローマ人の兵士にいばらで編んだ冠をかぶせられ、右手に葦を持たされたことを思い出す。

そして、今手にしている新潮文庫の表題『幸福の王子』では、ナイチンゲールの物語の前には「幸福の王子」が、その後には「わがままな大男」という作品が配されている。「幸福の王子」はご存知のように、宝石や金箔《きんぱく》で覆われた銅像の王子が、つばめをとおして貧しきものや病めるものにそれらを分け与えてしまう。つばめはとうとう命が尽き、みすぼらしい姿となった王子の銅像も街の権力者によって引き倒され捨てられるが、「町じゅうでいちばん貴《とうと》いものをふたつ持ってきなさい」と神から命じられた天使によって、神の御許《おんもと》に召される。「わがままな大男」では、主人公の大男が自分の家の美しい庭を街の人々や子どもたちに開放し、そこで遊んでいた子どものひとりを助けるのだが、実はその子はキリストの化身《けしん》であった。最期のときが近づくと、「あなたはいつかわたしをお庭で遊ばせてくれた。今日《きょう》はわたしの庭へおつれしよう。天国という庭へ」といってわがままな大男は天に迎えられる。

各作品の並びについても、本文庫の編集者や訳者がどこまで意図したかは分からないけれど、これらのことを考え合わせたとき、恋に殉ずるナイチンゲールの物語は、キリストや神との関わりのなかで読むものであり、究極的にはキリストの殉教が重ねられているのではないかと、私は考えてしまう。

ナイチンゲールは赤いばらを探し求めるとき、最初は白いばらをたずね、その次に黄色のばらをたずね、やっと赤いばらを咲かせる木にたどりつく。また、バラの木の刺に心臓を押しあてながら「少年と少女の胸中に生まれる恋」を歌い、次に「男と女のたましいに生まれる情熱」を歌い、最後には「死によって完成される恋を、墓のなかでも死ぬことのない恋」を歌う。それはまさに、白の「純潔」(恋)、黄色の「黄金」(情熱)を経て、赤の「殉教」(愛)にたどりつくプロセスだったのではないか。

それにしても、「幸福の王子」の王子とつばめ、ナイチンゲールの想いは、現実の社会では踏みつけられるものとして描かれているが、金銭や出世、実業、権力に強欲な社会からの仕打ちがひどければひどいほど、その身を捧げることによって体現される愛や恋の純度は高まり、いっそう輝きを増す。ナイチンゲールをして咲かせた赤いばらは、地に落ちたからこそ、私たち読者の胸で鮮やかに咲きつづける。

*

ふと窓の外に目をやると、寺院の森から夏の鳥の声がする。その声につられてベランダに出てみると、一羽の鳥が目の前を舞いあがった。

「幸福におなりなさい」

命と引き換えに赤いばらを咲かせようと決心したナイチンゲールが泣き伏す青年に叫んだ声は、どんな風よりもやさしく私の頬をつたった。

花に生かされ、花に奪われたラブストーリー

『うたかたの日々』（ボリス・ヴィアン）の睡蓮を生ける

花を生けるというのは、実にお金がかかる。もちろん生ける頻度、花の種類や量、表現したい世界観などによって、かかる金額は変わってくるけれど、うまくなろう、自分の表現した世界を他者に見てもらおうとすると、相応にかかる。

お茶やカメラ、釣り、車、楽器など道具にお金がかかる仕事や趣味はたくさんあるが、花は道具にはそれほどかからない。花鋏《はなばさみ》と花器があればいい。花鋏や花器もこだわりを持てばきりがないが、私は高くても数万円程度のものを使っているので、お茶道具の骨董的な価値に比べたら微々たるものだ。

どちらかといえば、素材である花そのものにお金がかかる。しかも花は手元に残らない。食べ物の土産物や贈り物も手元に残らない代表的なものだけれど、食

べて体内に取り込める。扱っているのは食用花ではないので、食べられるわけではない。

もって一週間、暑い夏場となれば、どんなに水を取り換えても三日もつかもたないか。花によっては水揚げがうまくいかない、茎が折れてしまってその場でダメになるものもある。秋冬や春のはじめの頃には、ドライフラワーや壁掛け用の花束などにしてその後も楽しめるものもあるが、それも数ヶ月のことだ。どんなに大切に扱っても、さまざまに手をつくして手元に残そうとしても限りがある。ほんの束の間、一瞬の植物たちの生命のきらめきに立ち会うためだけにお金を払っているともいえる。

また当然のことながら、植物には植物のエネルギーがある。特に夏に向かう四月から六月の植物たちは、太陽に向かっていくエネルギーが旺盛で、生けようとするこちらにも、そのエネルギーと格闘するだけの覚悟と体力、気力が要求される。一方で、疲れたなと感じるときに水を取り替えると、終わる頃には、心が身体のあるべき場所に戻り、きちっとおさまった感じがする。相手が生命体である以上、よくも悪くもその関わり合いはエネルギーの交感なのだ。

だから、お金と花、花と自分、自分とお金、それぞれのエネルギーがうまく循環しているうちはいいが、何かのはずみでバランスを崩し、いずれかのエネルギーが強くなると、あっという間にそのエネルギーに呑み込まれてしまう。ボリス・ヴィアンの『うたかたの日々』を読んでいると、そんな気になる。

＊

青年コランはあるパーティーでクロエという女性と出会い、恋に落ちる。綿あめのように優しくて甘い交際期間を経て結婚する。華やかな結婚式で友人たちに祝福されながら、新婚旅行へと旅立つ。

旅行から戻ると、クロエが激しい咳に襲われ、意識を失うようになる。肺に睡蓮が咲くという病におかされていた。睡蓮を肺から追い出すためには、クロエは一日にスプーン二杯の水分しか取ることを許されず、身体をほかの花々で埋めつくさなければならない。コランは花代のために全財産を使い果たし、さらなる花代を稼ぐために職を転々とする。それまで仕事をしたことがないコランは、慣れない労働で消耗していく。そんなふたりの辛苦は、友人たちの人生にも暗い影を落としていく。

人の体内で花が咲くなんて、神話や昔のおとぎ話でも見かけない奇想だ。不思議なのはこれだけではなく、ストーリーの全編を通じて、いたるところに奇天烈というか非現実的な仕掛けが施されている。

たとえばある夕食に出すうなぎは、アメリカ製のパイナップル味の歯磨きペーストを目当てに、水道管をとおって蛇口に頭を出すが、蛇口に置かれた本物のパイナップルに間違って噛みついて頭を引っ込められなくなり、料理人にカミソリで頭を切り落とされるとか。コランとクロエの初めてのデートには、バラ色の小さな雲が降りてきて、声をかけてふたりを乗せたとか。コランのアパルトマンはクロエの病が進むにつれて、どんどん小さくなり窓もなくなり、とうとう得体のしれない植物が繁茂するようになるとか。

不思議をとおりこしてまるでナンセンスなギャグ漫画のようで、最初のうちはこれをどう読んだらいいのか分からなくて、ひどく戸惑う。けれど、ストーリーの骨格は悲恋のラブストーリーなのだ。

コランの友人シックは、パルトル（フランスの哲学者で作家のサルトルを文字っている）のマニアで、アリーズという恋人がいるにもかかわらず、パルトルに関するものを収集することにすべてのエネルギーを使い果たしてしまう。アリーズと結婚するためにコランが渡したお金も使い込んでしまい、その挙げ句、アリーズのネックレスなどを売ってパルトルの新刊本の手付金にする。わずかな給料を得ていた技師の職も投げ捨ててしまう。税金としておさめるべきお金もパルトルにつぎ込んで、非合法の暴力で税を徴収する執行官が踏み込んでくる。

コランの料理人ニコラは、伊達男《だておとこ》でコランの兄貴分といった人物だ。伝説の料理人のレシピでコランとクロエ、シックをもてなす。ときにはコランにダンスや恋の手ほどきをし、コランとクロエの結婚式や新婚旅行に付き添って、万事の手はずを整える。クロエの病を知ると心を痛めて、一気に老け込んでしまう。コランの経済状況が行き詰まると、料理人として雇えないから他家へ移るよう告げられて困惑する。シックの恋人アリーズはニコラの姪で、アリーズの身に起きたある悲劇を見とどける。

コランとクロエの結婚式までは世界が軽やかで華やかで、ある意味ばかばかしいくらい洒落《しゃれ》のきいた雰囲気にあふれているが、新婚旅行のあたりから一転して空気が不穏になり、クロエの病気が明らかになった後は、暗く重々しく、ときに読みつづけることが苦しくなるような場面がつづいていく。

この『うたかたの日々』には不思議な「まえがき」があり、「大切なことは二つだけ。どんな流儀であれ、きれいな女の子相手の恋愛。そしてニューオーリンズの音楽、つまりデューク・エリントンの音楽。ほかのものは消えていい。なぜなら醜いから。」とある。

コランもシックもニコラもこれを体現するかのように、アメリカのジャズグループ、デューク・エリントン楽団の音楽に身をゆだね、きれいな女の子と出会い、恋に落ちる。しかし自分にとって大切なものを守ろうとするあまり財産を失い、逆に社会からドロップアウトしていく。

コランは財産がなくなると、みずから制作を手がけ、友人たちをもてなしてきたカクテルピアノ（ジャズを奏でるとカクテルができあがるピアノ）を売却することで一時《いっとき》をしのぐが、そのお金も底をついてしまい、仕事を探しにいく。社会の人々は今日明日の食いぶちを得るために働いているが、コランはそうではなく、あくまでも愛するクロエのため、クロエの肺に咲いた睡蓮を追い出すのに必要な花代を稼ぐために働く。生活のための労働を認めないコランにとって、その違いはとても重要だった。

　花代のために高額の報酬を得ようと過酷で危険な仕事につくコラン。土の下で銃を生育させる仕事は、銃に人間の体温と栄養を与えるために二四時間、土の上から全裸で銃を温めなければならない。ところがコランが温めた銃の先端には白いバラが咲いてしまい、クビになる。クロエのためにバラを手折ろうとすると、花びらに手を切られて血が流れ出す。

　次は、黄金を盗みにきた人間を見つけたら叫んで知らせる仕事で、地下にあるたいそう広い黄金貯蔵庫の部屋を時間どおりに歩いて周らなければならないのだが、コランは足を痛めて力尽きてしまう。コランの仕事が過酷であればあるほど、それと引き換えに得られた花の美しさ、花に囲まれたクロエの儚さが際立つ。

　クロエはベッドに横になっていた。薄紫の絹のパジャマに、薄いオレンジがかったベージュのサテンキルトで仕立てた、長いドレッシングガウンを着ていた。
彼女のまわりには山ほど花があり、とりわけ蘭やバラが多かった。アジサイ、カーネーション、椿、長い枝に咲いた桃の花やアーモンドの花、そしてジャスミンの花も何抱え分もあった。彼女は胸元をはだけていて、琥珀色をした右の乳房が、青い花の大きな花冠と鮮やかなコントラストを見せていた。両頬はうっすらピンク色を帯び、目はきらきらと輝いていたが、瞳に潤いがなかった。髪は絹糸のように軽やかで電気を帯びていた。

『うたかたの日々』以下同

しかしコランが買い求めた花も、クロエの友人たちが見舞いに持ってきた花も、クロエが匂いをかぐそばから、みなしおれて枯れてしまう。クロエは花で命を長らえながら、花によって生きるためのエネルギーを奪われていく。

ここまで読んでくると、奇天烈な仕掛けを含めたこの世界のすべてが、コランの過酷な労働で動くぜんまい仕掛けの、からくり睡蓮のなかのできごとのように思えてくる。

最後にコランが唯一つづけられたのが、役所から渡されたリストをもとに家々を訪問し、その家の人の死を告げる仕事だった。彼がきたと知るやいなや、物を投げつけられ、罵声を浴びせられ、門前払いを食らう。ある日、とうとうリストのなかに、クロエの名前を見つけてしまう。

この作品の背景が知りたくて、光文社古典新訳文庫の解説を読んでみる。翻訳を手がけたフランス文学者野崎歓の解説によれば、作者はフランスのボリス・ヴィアン、エンジニアとして勤務しながら、ジャズトランペッター、歌手、批評家、作家などとしてマルチに活躍したという。資産家の父親のもとで何不自由なく育つが、一九二九年、ニューヨークの株の大暴落で一家は破産。それまで仕事をしたことがなかった父親は、生活のために生涯初めての仕事に就いた。

ヴィアン自身はリウマチ性心疾患があり、命と引き換えるようにしてトランペットの演奏に打ち込んだ。またジャズへの心酔とともにアメリカ文化への憧憬が高じて、アメリカ小説を擬した作品を発表。その映画化の試写会で心臓発作に見舞われ、三九歳でこの世を去った。『うたかたの日々』は、生前ほとんど評価されなかったが、一九六〇年代の学生運動の折、熱狂的に読まれたという。

父親の破産と初めての労働、ジャズへの心酔、心臓（胸のあたり）の病と、『うたかたの日々』の主な要素は、ヴィアンの人生そのものにルーツを見出すことができる。

また同解説によると、クロエの肺に咲いた睡蓮は、地に足をつけて生きることへの反感や恐怖をあらわしているという説や、妊娠のメタファーであり、クロエが真にコランに愛されていないことを暗示している説があるという。

地に足をつけて生きることとは、仕事をして稼ぎ、税金をおさめ、国や社会の一員として生きていくことを意味する。コランがついた仕事の過酷さは、社会の歯車になって生きることとの過酷さでもあり、一九六〇年代の若者たちに支持されたことを考えると、それも分からなくもないけど……。また女性が体内に何かを宿すとなれば、まず思い浮かぶのは妊娠だけど……。どういうわけか、この部分の解説がしっくりこなくて、自分なりにも考えてみたいという気になっていた。

そこでフランス文学では一般的に睡蓮はどのように描かれているのか、どのような事柄のメタファーとして扱われているのかが知りたくなって、フランス語の睡蓮「nénuphar」や文学「littérature」などをキーワードにあれこれと調べてみた。するとフランス象徴詩派の詩人マラルメに「白い睡蓮」という詩があることや、プルーストの『失われた時を求めて』に、クロード・モネの絵画「睡蓮」の連作の影響を読み取る研究などがあることは分かったが、どうしても私が抱いているクロエの肺に咲いた睡蓮とイメージが重ならない。クロエの睡蓮はクロエだけでなく、コランとその友人たちの人生にも暗い影を落とし、最終的には破滅に追い込むものだから、そういったことを連想させるような睡蓮はないかと考えてみた。

先に引用したクロエが花々に囲まれて横たわっているシーンを読んでいると、一九世紀中頃、英国ヴィクトリア朝時代の画家ミレーが描いた「オフィーリア」が思い浮かんできた。

オフィーリアといえば、シェイクスピア四大悲劇のひとつ「ハムレット」に登場する女性で、ハムレットの想い人。狂気を装うハムレットから邪険にされ、人違いで父親をハムレットに殺されたことで精神を病み、川で溺死する。

ミレーは「オフィーリア」で、川面に横たわるオフィーリアを数多くの花を配して描いた。赤、白、黄色、青の花の一つひとつには意味があると思われるが、そこに睡蓮は描かれていない。ある研究によれば、「ハムレット」のなかのオフィーリアの造形そのものが花と強い関連があり、ヴィクトリア朝時代にいくつも描かれた「オフィーリア」像の花のモチーフは、可憐無垢な少女像から死にゆく女性像へ、そして狂気の女性像へという三つのパターンと展開があったという。

クロエの肺に睡蓮が咲く以前、結婚前の交際時から、コランからクロエへのプレゼントは花で埋めつくされていた。また労働や金銭を嫌悪し、コランによって「あんなにやさしい子だったのに」「悪いことなど一度だってしたことがありませんでした。心の中でも、行いの上でも」と回想されるように、社会的な価値に染まっていない純真無垢な存在として語られる。

先に紹介した「まえがき」でも、「大切なことは二つだけ。どんな流儀であれ、きれいな女の子相手の恋愛」とあるように、クロエは大人の女性ではなく、「女の子」つまり少女性を持ちつづけた存在でなければならなかった。その点からもクロエは、「オフィーリア」像の初期の可憐無垢な少女像に通じるものがある。

睡蓮が描かれた「オフィーリア」はないかと、ほかの画家が描いた「オフィーリア」を探してみる。するとミレーの「オフィーリア」に影響を受けて、ウォーターハウスという画家が「オフィーリア」を描いたことにたどりついた。ウォーターハウスは三点の「オフィーリア」を残していて、そのうち、一八九四年と一九一〇年に描いたものに睡蓮らしきものが見てとれる。

最初（一八八九年）に描かれたものは、水辺の草むらで花々に囲まれて横たわるオフィーリアで、可憐無垢な少女像を思わせるが、睡蓮は描かれていない。

一八九四年に描かれたものでは、オフィーリアはまばらな花に囲まれた柳の幹に腰かけて（「ハムレット」では、花輪をひっかけようと柳の木にのぼったところ、枝が折れて川に落ちたとされる）、乱れた髪に手をあてている。柳の幹の下には陰鬱な川というか沼のようなものがひろがり、表面はいくつもの睡蓮らしき葉で覆われ、その間に白い花が描かれている。一九一〇年に描かれたものは花々をたずさえて、まさに柳の木に登ろうとしている。その背後にも暗い川か沼があり、やはり水面は睡蓮らしき葉で覆いつくされている。

またウォーターハウスには、ヘラクレスの侍童《じどう》ヒュラスに恋をしたニンフたちが、彼を泉に引きずり込む瞬間を描いた「ヒュラスとニンフたち」という作品があり、その泉の水面も睡蓮らしきもので覆われている。

それぞれに描かれる睡蓮らしきものは、睡蓮と似たハスではないかとも思ったが、葉の形や花と水面の距離などから、睡蓮だと考えられる。

先の研究では、「ヒュラスとニンフたち」の睡蓮は、ヒュラスの水中に沈む運命と死と破滅を予感させる花として描かれていることを踏まえて、「オフィーリア」の睡蓮も同様だと考えている。

そこでもう一度『うたかたの日々』で、クロエの登場シーンを読んでみる。

この作品で「クロエ」といえば、ヒロインのクロエであると同時に、コランが偏愛するデューク・エリントン楽団の楽曲「クロエ」のことだ。コランはニコラの手ほどきで、楽曲「クロエ」をバックに架空のダンスを踊るシーンがあり、そこには次のような注釈がついている。

「クロエ」は一九四〇年、デューク・エリントンがレコーディングした曲。一九二七年にガス・カーンが作詞、ニール・モレットが作曲したポピュラーソング「沼地の歌（ソング・オブ・ザ・スワンプ）」を編曲したもの。

この注釈によれば、そもそも「クロエ」という楽曲は、「沼地の歌（ソング・オブ・ザ・スワンプ）」だったという。「沼地」とは、まさに睡蓮が根を伸ばして咲く場所だ。

あるパーティでクロエを紹介された瞬間、コランは「こんに……。あなたを編曲したのはデューク・エリントンですか？……」と楽曲「クロエ」を踏まえた挨拶をし、アリーズのはからいでこの曲がかかる。またクロエの病が進行するにしたがい、なぜか住まいが小さくなって、太陽の光すら入らなくなってしまったことについて、コランは「根が深いんですよ」という。

つまりヒロインのクロエはまさに、沼地に根を伸ばして咲く花、睡蓮そのものであり、花と睡蓮に囲まれた「オフィーリア」像と重なり合うことで、登場の瞬間から、死と破滅を運命づけられていた。

そしてコランも、侍童ヒュラスがニンフに魅入られて泉に引きずり込まれたように、クロエの肺に咲いた睡蓮に魅入られて、死と破滅の沼（過酷な労働、友人たちの破滅、クロエの死など）に引きずり込まれた。

オフィーリアが水中に沈んでいくように、クロエもまた水に囲まれた島の穴に葬られた。コランが葬儀の代金を十分に用意できなかったせいで、クロエの亡骸《なきがら》は「でこぼこだらけの見苦しい黒い箱」に入れられ、手荒くぞんざいにその穴に落とされた。コランは文字どおり絶望の淵に膝をついた。

＊

インターホンが鳴った。稽古用の草花、木枝がどっさりとどいた。ピンクオオデマリ、矢車菊、アグロステンマ、バイカウヅキ、ヤマボウシ、コバン草、アヤメ、オレガノ、金魚草、仙人草、ナツハゼ、白山吹、下野、ホタルブクロ、クレマチス、河原ナデシコ、山あじさい、コバノズイナ、ギリア、ベルテッセン、芍薬（氷点、深山の雪、奥信濃、白雪姫）など……。

一度、パソコンの電源を落として、草花、木枝の水揚げをするために台所へ小走りする。ものによっては、新聞紙に包んだまま茎の先端を切って、熱湯に二、三秒ほど浸して、すぐに冷たい水のなかに入れ替える。新聞紙の上からたっぷりと霧を吹いて、暗いところで一晩休ませる。

翌朝、少し早く起きて、花器に生けていく。この季節は暑さと乾燥との戦い、スピードが命だ。雨が降った朝だったこともあり、少し余裕を持ってスタートしたが、大地や大木から切り離されたばかりで、持って行き場のないエネルギーが生々しく残る草花、木枝との戦いは一筋縄ではいかない。

カチンカチンと鋏の音が心地いいのは最初だけで、ああでもないこうでもないと生け方に苦戦しているうちに、光が室内に差し込んでくる。大きな花器三つ、中くらいの花器三つ、小さい花器四つに生けていくうちに、足腰が痛くなってきて、最後はふらふらになった。

花屋敷状態になった狭い室内を眺めていると、花をよこせと言わんばかりにこちらに手を伸ばしている女の子の面影が、ちらついた。

小町の復讐をかたどる花

「小町の芍薬」（岡本かの子）の芍薬を生ける

二〇二〇年、経験したことのない感染症が世界で猛威を奮い、私たち人間だけでなく、花や植物たちにとっても過酷な年だった。

感染を拡大させないために、人が多く集まるイベントの開催、店舗運営などが厳しく制限・禁止された。三月から四月の卒業式や入学式、歓送迎会など、一年のうちでもっとも花を必要とするイベントや行事が中止になった。花や植物の需要が激減し、それを生業とする多くの人たちが苦しんだ。生産者は丹精込めて育てた花や植物たちを市場に出すことなく、刈り取り、摘み取り、伐採せざるをえなかった。五月、一年のうちでもっとも爽やかで外出する機会も増える季節。ゴールデン・ウイークの観光シーズンに合わせて、全国の観光地が花の見頃を迎えたにもかかわらず、人が集まることを危惧《きぐ》して、やはり刈り取られ、摘み取られ、伐採された。

草花を生ける活動をとおして、花や植物から多くの恵みと縁をもらいながら、何もできない日々に悶々《もんもん》としていた五月の終わり、市場に出せなかった芍薬を生産者から直接買うことができると聞いて、早速注文した。

とどいた箱には二〇株ちかい大輪のつぼみをつけた六〇センチほどの芍薬が横たわっていた。一晩、暗いところで水揚げをすると、翌朝にはほとんどの花がひらきだした。別で仕入れたものも同じタイミングでとどいたこともあり、花器の空きを見はからっていたら、あっという間にすべての花が咲き切ってしまった。

あわてて生けたものの、梅雨入り前の真夏日のような暑さも手伝って、水を取り替えているそばから花びらがこぼれ落ちていく。バラやラナンキュラスもそうだけど、多弁の花は、一枚の花びらがこぼれだすと、連鎖的にほかの花びらも一瞬のうちにこぼれていく。その連鎖はなぜかほかの花にもおよぶ。

たった二日、三日の命。あまりのはかなさに呆然としながら、落ちた花びらを集めてみる。薄桃色の大量の花びらが器のなかで重なり合う姿も、やはり花であった。

そんな様子を眺めていると、秋田の小野・雄勝地域に伝わる小野小町の伝説が、芍薬の花と結びついていることを、ふと思い出した。

*

世界の三大美女のひとりといわれ（その判定基準がよく分からないが）、平安時代初期に編纂された『古今和歌集』の「花の色は移《うつ》りにけりないたづらにわが身世にふるながめせしまに」（巻二春歌下 一一三）の歌で知られる小野小町。絶世の美女説も含めてその生涯は伝説にいろどられ、実際のところは、『古今和歌集』におさめられている和歌十八首以外、生年、出生地、家族、家系、没年など何一つ明らかになっていない。

小野小町の伝説といえば、和歌の才覚と美貌で宮中の男たちを魅了し、浮名を流し、ときには言い寄ってきた男を拒絶し、容色衰えた晩年は不遇のうちに諸国を流浪し客死した、というのが主なストーリーだ。これにさまざまな脚色が加えられ、流浪で訪れたという土地の伝説や神社仏閣の縁起譚と融合して、無数の小町伝説が生まれた。

おもしろいことに人々の関心は、容色衰えて不遇な晩年を過ごしたことにあるようで、伝説や説話の多くは晩年にフォーカスされている。謡曲や三島由紀夫の『近代能楽集』でも有名な「卒塔婆小町」は、容色衰えた老婆となってもなお、色恋の妄執から逃れられない小町を描いている。

それに対して岡本かの子は、これとは違う小町伝説を取りあげて、「小町の芍薬」という六千字ほどの短編を残している。

国史国文学者の村瀬君助の結婚生活は、妻の突然の死によって終止符が打たれる。しばらくすると人肌が恋しくなって、伝説上の小野小町を理想の女として追い求めるようになる。研究もかねて小町の出生地といわれる秋田の雄勝にやってきた。小町がみずから植えたという芍薬の園で、ひとりの美しい少女に出会う。といったストーリーで、妖しくも艶やかな芍薬の花が、伝説上の小町のイメージを映し出す。

しかし小町が秋田で生まれた……初めて聞いたな……東北地方に小町伝説が多

いことは知っていたけど……しかも、なんで芍薬と小町の組み合わせなんだろう……小町の和歌に芍薬なんて詠まれていたかな……。

学生時代、国文科の授業で習ったことを記憶の底から引っ張り出しながら、秋田県の最南端で山形県や宮城県との境に位置する、現在の湯沢市小野・雄勝地域の観光案内や道の駅などの各種ホームページを見た。この地域の小町伝説の大筋としては、次のようなものだった。

小野小町はこの地で生まれ、京《みやこ》にのぼって宮中で歌人として活躍し、三十六歳で戻ってきて庵を建てて静かに暮らした。京で小町に想いをかけていた深草少将がはるばるやってきた。そこで小町は、毎日一本ずつ芍薬を自分のために植えてくれたら、百日目に会いましょうと言った。少将は毎日芍薬を植えつづけ、大雨の降る百日目に百本目の芍薬を植えに出かけたところ、川の氾濫で流されて死んでしまった。実はそのとき小町は疱瘡《ほうそう》を患っていて、約束の百日目までにはなんとか完治したいと、近くの神社に願を掛けていたという。小町は少将を森子山（現在の二ツ森）に葬ると、岩谷へ移り住み、世を避けるように暮らして、九十二歳で没した。

奥羽本線の横堀という駅の町に小町に関する名跡の数々が、コンパクトにまとめられている。少将が芍薬を植えた場所は、現在、小町塚（芍薬塚）と呼ばれ、毎年六月の第二日曜日に小町まつりが開催され、市内から選び抜かれた七人の小町娘（同町に小町ゆかりの旧所・名跡が七ヶ所あることにちなんでいる）が、小町の和歌を朗詠し小町堂に奉納するという。五月中旬から六月中旬にかけて、町中の至るところで、色とりどりの芍薬を観ることができる。

小町伝説、ここではこんな話しになっているのね。百夜通《ももよがよ》いで有名な深草少将の話しも、男を拒絶する驕慢《きょうまん》な女として語られることが多いのに、疱瘡を患いその回復を待っていたという小町側の事情を描くことで、一般的に知られている小町伝説特有の毒気が抜かれ、相思相愛の純粋な恋物語になっている。考えてみれば新幹線「こまち」や米のブランド「あきたこまち」も、秋田美人説も、この地域の小町伝説がもとになっていて、町おこしや観光地化に一役買っているということなのね。それにしても新幹線まで引いてしまうとは、さすが小町！

感心してみたものの、小町の伝説にいつどのように芍薬が登場したのか、小町が京にのぼるときに芍薬を植えたという説も見かけたが、湯沢市小野・雄勝地域の各種ホームページからは分からなかった。

古典文学に登場する植物について解説した本の「芍薬」の項を見ると、平安時代の漢詩のなかで芍薬は数例詠まれているものの、和歌や散文形式のものでは見あたらないとある。

これまでの研究では、小町の和歌は勅撰和歌集で六十数首採録されていて、そのうち『古今和歌集』の十八首が小町作としてたしかなものだといわれている。このほかに『小町集』という家集があり一一〇首ほど採録されているが、『古今和歌集』などに採録されている歌が後代に虚構化されたものらしく、これが伝説の端緒となったのではないかと考えられている。

『古今和歌集』の十八首と、『小町集』の一一〇首前後の歌にざっと目を通したが、やはり「芍薬」は見あたらない。和歌に漢語は詠まれないという原則により、漢語の「芍薬」は、花の姿が美しくても、和歌には詠まれないのかもしれない。

一方、ほかの地域の小町伝説を概観してみたが、芍薬は見あたらないので、この地域特有の結びつきなのかもしれない。芍薬は寒さにたえ、田植えの時季に大輪の花を咲かせることから、北国の米どころでもあるこの地域の農産業にとって、大切な花だったと考えられる。そこに、この地を出生とする伝説、「雨」をキーワードにした和歌、和歌を詠みあげて雨乞《あまご》いをしたという伝説（謡曲「雨乞小町」）などから呼び起こされる小町のイメージが、農産業に適切な雨を必要とするこの地で、芍薬と結びついたのではないか。

あるいは、芍薬はえびすぐすりともいわれ、痛み止めや婦人病の漢方薬としても用いられていたことから（現在も芍薬甘草湯《しゃくやくかんぞうとう》、当帰芍薬散《とうきしゃくやくさん》といった漢方が有名）、女性の代名詞的な存在の小町と結びついたのかもしれない。

そんなことをあれこれと想像してみるものの、確たる証拠を得ることなく、小町と芍薬の関係は宙ぶらりんのまま、時間が過ぎた。


気分を変えて、小野・雄勝地域の小町出生説を調べてみることにした。ずいぶん前に購入した『小町伝説の誕生』（錦仁）が、本棚にあったことを思い出してページをめくりはじめた。本書では、小野・雄勝地域の小町伝説が、どのような経緯と歴史をたどったのかを明らかにしている。その一部をかなりかいつまんでいうと次のようになる。

小町は、平安時代の漢学者で有名な小野篁《おののたかむら》の孫という説がある。篁の子、小野良実《おののよしざね》（良真とも）が郡司として出羽国《でわのくに》（現在の湯沢市小野・雄勝地域周辺）にくだり、地元の娘との間に小町が生まれたというのだ。しかしこの小野良実、南北朝時代から室町期にかけて編纂された氏姓系図『尊卑分脈《そんぴぶんみゃく》』にその名が見えるものの、実在は確認されていない。

戦国時代後半には、小野・雄勝に小町伝説があったと考えられている。江戸期に何度かの積極的で意図的な改編を経て、先に紹介した各種ホームページにあるようなストーリーへと改変されていった。改編の背景には、このあたり一帯を治めていた領主・家臣一族の鎮魂、秋田藩の政策下で文人たちによる芍薬塚を中心とした観光地化と、中央に向けた喧伝といった政治的な思惑があったという。同時に、外聞の悪い部分を消し去ろうと、ある信仰の対象として伝えられていた醜く老いた小町像が別の場所に移され、代わりに若くて美しい小町像が用意された。

明治期に入って、中央政府の抑圧的な地方政策に対して、秋田の存在と価値観を主張するという、これまた政治的な意図のもと、神官たちの手で小町は神格化された。その後、元は武士で学問を深く修めた小松弘毅が、小町は深草少将ただひとりを愛し、ほかの男をすべて拒否したという論を展開した。秋田の存在と価値観を主張するにあたり、明治政府が女性に期待した、良妻賢母で、貞淑《ていしゅく》で、男性を助け家庭を守ることを体現する理想的な婦人、二夫《にふ》にまみえない「婦徳の鑑《かがみ》」として小町を宣揚した。

　さらに大正期に入ると、黒岩涙香《くろいわるいこう》というジャーナリストが（秋田出身ではないが）、一夫《いっぷ》にもまみえない小町論を展開し、家父長制の貞操観念のもとで処女崇拝を喧伝し、世の女性たちに純潔を強いた。この小町論、小町が真に愛したのは深草少将ただひとりで、ほかの男をすべて拒否したけれど、ある事情からふたりは思い合うだけの関係だった、つまり一夫にもまみえてないというもので、秋田の小松弘毅の小町論がベースにされたのではないかと、本書は推測している。

　なるほど、小野・雄勝の各種ホームページにある小町伝説を読んだときに、小町伝説が持つ独特の毒気が感じられなかったのは、こういう背景があったからなのね……。

本書も言及しているが、このような改編がいい悪いではなく、また史実かどうかが問題なのではなく、伝説とはこのように長い年月を経て、移り変わっていくものなのだろう。

ただ、さすがに黒岩涙香の処女崇拝、純潔の強要までくると、女性としてやりきれない気持ちになる。そのときどきの政治的な思惑や都合を押し付けられ、勝手なことをいわれつづけてきた小町。恋多き驕慢な女、容貌衰えた晩年の流浪、髑髏《どくろ》にもなり、地獄にも落とされ、性的不能者とまでいわれ、一方で婦徳の鑑、処女崇拝のシンボルにまで仕立てられた。

『小町伝説の誕生』が明らかにした小野・雄勝の小町伝説の改編の過程をかたわらにおきながら、もう一度、岡本かの子の「小町の芍薬」を読んでみる。すると主人公村瀬君助の思考回路が、伝説改編過程そのものだと思うようになった。

君助は何事にものめり込むタイプで、国史国文学の研究のかたわら、なんの価値もない骨董や古美術の収集に明け暮れた。そんな性格は研究には向いていたが、実際の生活では単なる浪費家でしかなく、暮らしを心配する妻とは諍《いさか》いが絶えなかった。ところが妻は突然他界し、病身の息子も後を追うように亡くなった。

妻は病身の子を育て教育資金を心配し、現在の生活と老後に向けた蓄えに腐心する、当時の家庭の婦人としては至極まっとうな人物だ。君助の収集癖に口うるさくいっても、浮気を心配しても、自分がほかの男に通じようとは夢にも思わない。それは婦徳の鑑として小町に託してきた二夫にまみえない女であり、明治政府が期待していた家庭の婦人像そのものといえる。

そんな妻に「功利一方」の「醜くさ」を感じ、結婚生活に嫌気がさしていた君助は、その死をきっかけに、小町をなぐさみの女として追い求めるようになる。現実の生きた女は「なま／＼し」いから嫌、歴史上の女は素性や役割があからさまで「干からびて」いるから嫌、だから「縹渺《ひょうびょう》とした伝説の女」で「美しく、魅惑を持つ性格」の女がいい。こんな君助の態度は、政治的に小町を利用してきた人たちの思考回路と同じで、「縹渺」（かすかではっきりとしない）としているからこそ、利用者のイメージを好き勝手に押し付けることができるのだ。

君助はまず、歴史的な資料から小町の出身と素性について調べ、小町の出身を近畿方面とする説と東北方面とする二つの説があることに至る。つぎに伝説と和歌の関係を調べ、伝説が和歌から乖離《かいり》してひとり歩きしていることを突き止めた。その頃、小町は生涯無垢のままだったという言説が出回っていたが、それを打ち消す形跡を見つけることもできた。にもかかわらず君助は「『小町は無垢の女だ。一生艶美な童女で暮した女だ』…略…結局男の望む理想の女はさうした女なのだ」と言い放った。周囲からは「孤独の寂しさから、少女病マニアにかかつて、どの女も処女だと思ひ込むのだ」と笑われた。

君助が「在野」の「国史国文学の研究家」であるという設定は、史実の面からも、和歌・伝説の面からも小町について真実を明らかにする職能が、何かしら備わっていることを意味する。しかしそのような職能によって真実にたどりつきながらも、それを捻じ曲げて、自身の信じたいことを主張するなんて、学者としての価値はないと、明治期以降、小町伝説を自分勝手に解釈し、小町を政治的に利用してきた学者たちを、君助を通じて批判しているかのようだ。

この作品は昭和十一年に発表されているが、君助が小町を追い求めるのを明治二九年と設定し、わざわざ、日清戦争が終わった頃の古典復活で珍しい史料や典拠が手に入りやすかった時代のこと、という解説を挿入している。前後関係から解説の不自然さが気になり調べてみると、秋田の小松弘毅が小町を「婦徳の鑑」といって宣揚したのが明治二七年だった。不自然な解説は、このことを想起させる仕掛けになっているのではないか。

そして、小町は生涯無垢のままだったという作中に出てくる説は、まさに黒岩涙香の小町処女崇拝だ。それを世間が受け入れ女性たちに強要する風潮に対して、作者岡本かの子は思うところがあったのだろうか、小松弘毅と黒岩涙香の説の基となった雄勝の小町伝説を舞台に選んだ。

さて君助は、机の上での調査に一区切りつけたところで、芍薬が咲く季節に、秋田の雄勝に足を運び、小町ゆかりの跡をまわった。小町が京にのぼる際に植えたという芍薬の園に立ち寄ると、美しい少女が立っていた。

少女はこの辺りの豪家の子らしく、采女子《うねめこ》、十六歳と名乗った。少女は美しさのあまりいろいろと問題を起こすので、東京の学校には行けなくなったという。またこの土地は小町出生地であることから、代々美しい女の子が生まれるが、「小町の嫉《ねた》み」で幼くして死ぬという言い伝えがあるという。

少女の無防備な清らかさがかえって媚態に映る、ほんのある時期の生命のきらめき。かたい蕾が露を滴らせながらほころんでいく瞬間の芍薬そのものでもあり、匂うような妖しさがたちのぼってくる少女の様子に、息を飲む。

そして、少女はこんな言葉を残して君助の前から姿を消す。

「をぢさま、人間ていふものは、死ぬにしても何か一つなつかしいものをこの世に残して置き度《た》がるものね。けども、あたしにはそれがないのよ」

「小町の芍薬」（『青空文庫』、以下同）

少女が残した言葉の「なつかしいもの」とは、少女を小町の化身と考えるならば、小町自身の生きた痕跡であり、伝説そのものと考えられる。自分の知らないところで自分の人生が好き勝手に解釈され利用される要素を、ほんの少しでも残しておきたくないという、小町の気持ちのようでもある。

一方で、「なつかしいもの」を子どもだと考えてみる。少女は「蒼白い顔」であり「病気らしい咳をせき込みながら」とあるように、「小町の嫉み」で女の子が幼くして死ぬという伝説のとおり、死が近いのかもしれない。君助の妻も子も死んでしまっている。家父長制に都合のいい女性像を強要された女たちは、死んでいるも同然であり、家父長制に必要な〝子〟を残さないという、当時の女たちの声にならない決意にも思えた。

君助は少女が口づけした芍薬の花を手折り、恍惚としながら東京に戻った。その後、「頭が悪くなつたといふ評判」で本業の研究もやめて、「下手な」芍薬づくりをしているという噂もあったが、やがて姿をくらました。

最後にもう一度、芍薬について思いをめぐらせる。

根はかち／＼の石のやうに朽ち固つてゐながら幹からは新枝を出し、食べたいやうな柔かい切れ込みのある葉は萌黄色のへりにうす紅をさしてゐた。

枝さきに一ぱいに蕾《つぼみ》をつけてゐる中に、半開から八分咲きの輪も混つてゐた。その花は媚びた唇のやうな紫がかつた赤い色をしてゐた。一歩誤れば嫉妬の赤黒い血に溶け滴りさうな濃艶なところで危く八重咲きの乱れ咲きに咲き止まつてゐた。

牡丹の大株にも見紛ふ、この芍薬《しやくやく》は周囲の平板な自然とは、まるで調子が違つてゐて、由緒あり気な妖麗な円光を昼の光の中に幻出しつゝ浮世離れて咲いてゐた。

これは「小町の芍薬」の冒頭で語られる雄勝の芍薬の情景なのだが、君助が和歌の研究から見出した従来の小町像「男を揶揄するほどぴんとして気嵩なところがあり、ときには哀切胸も張り裂ける想ひが溢れ、それでゐて派手で濃密」「小町もときには恋愛し、ときには恋人に疎んぜられ恨みをのんだ」と重なり、言い換えともいえる。

つまり、ここの芍薬が暗示するのは、この地の政治が長い年月をかけてつくりあげてきた、誰かひとりを想い秘めるだけの「貞女」の小町でもなければ、「生涯無垢」の小町でもない。従来の伝説にある「由緒あり気な妖麗」な雰囲気があり、「媚びた唇」を持ち、「嫉妬の赤黒い血」が流れ、恋に「乱れ咲」く小町であり、「美しい女の子」を「嫉み」で夭死させる小町なのだ。

だから、君助は少女が口づけた芍薬を持ち帰ったことで、従来の小町的な〝何か〟をその身に負ってしまう。東京に戻ったあとの君助の末路は、小町の晩年の流浪説を思わせる。小町の人生を好き勝手に利用してきた側が、今度は伝説となってさまようのだ。

＊

小町の和歌を一つひとつ読み終えるたびに、長い夢からさめたような、あるいは長い旅から戻ってきたときのような、ぼんやりとした感覚に陥る。和歌はあくまでも虚構なのよ、これで私の人生をあれこれいわれてもね……。小町の困惑の果ての苦笑いだけが、胸のあたりで響いた。

詩人の小池昌代が「別離」という作品で、梅酒を仕込む季節、梅の実が木から離れ落ちる瞬間に、詩的な思索をめぐらせている。作中の「わたし」が落下した梅の実の気持ちになってみるラストを読むたびに、もう自分の人生を誰の手にも渡さないという小町の決意、願い、祈りのようなものを、私は重ねずにはいられなかった。

地面に落ちた時、誰にも聞こえないほどの柔らかな音が立ち、そこから先のことは、もう誰にもわからない。実っていた時より、少しだけ遠い空。その時が来たら、もはや誰にも拾われたくはない。落ちた場所で、一人静かに朽ち果てていくことにしよう。

「別離」（『黒雲の下で卵をあたためる』所収）

過去も未来も超える花

「時をかける少女」(筒井康隆)のラベンダーを生ける

かなり年齢を重ねてからはじめた花生け。それまで、花や植物を愛おしむ心や深い興味があったかといえば、必ずしもそうではない。

小学生のとき、夏休みに朝顔やひまわり、へちまを育てて観察日記をつけるという課題があったが、なぜか毎年、芽すら出たことがなく、観察日記がつけられなくて、田舎で植物を育てていた祖父に泣きついた。

大学生くらいになると、母が正月の花を私に生けさせようとしたが、ああでもないこうでもないと口を出してきて、好きなように生けさせてくれないのが嫌だった。大学の華道部でも、花の先生が指示するとおりに生けなければならないと聞いて、絶対に入りたくないと思ったくらいだ。華道や茶道など〝道〟とつくものは、まず先達の型をまねるところからはじめるというのを、ずいぶん後になって知った。

でもポプリやアロマテラピーなど植物の香りに対する興味はあった。双子の姉妹が出てくる漫画で、姉は琴を弾き、妹はポプリをつくるというストーリーに影響されて、友人と一緒にポプリをつくろうとしたことがあった。今ではポプリは小瓶や小箱に詰められたドライフラワーのような扱いで、おしゃれなインテリアグッズとして定着しているが、あの時代、ポプリは香りを楽しむものだった。香りのする花びらや葉っぱ、柑橘類の皮を乾燥させて、シナモンやナツメグ、ロリエなどのスパイスを合わせた、植物の香りの小宇宙といった感じのものだった。

当時、ポプリの材料を買えるのが隣町の大きなデパートだけで、友人といつか一緒に行ってみたいねと話しをしていたところ、ある日、友人のお母さんが連れていってくれることになった。貯めていたお年玉や小遣いを全部持って、喜び勇んで出かけた。

初めて入ったそのお店には、なんともいえない不思議な香りが漂っていた。これがポプリの香りなんだ……ポプリづくりに憧れながらもポプリを持っている人が身近にいなかったため、ポプリがどんな香りなのか知らなかった。それまでに体験した、母の香水やお化粧品の香りとも違うものだった。

双子の姉妹が出てくるその漫画や「ポプリのつくり方」といった少女向けの入門書に出てくるラベンダーやローズマリー、クローブなどさまざまな植物を乾燥させた材料がところせましと棚に並べられていた。あれも買いたい、これも買いたいと長年思っていたものをどんどんカゴに入れていった。それらを全部レジに持っていこうとしたら、子どもの金銭感覚では決して安いものではなかったこともあり、友人のお母さんにそんなに買って大丈夫なの?と心配されてしまった。帰宅後、母に買ったものを見せたときの反応がおそろしくなり、本当にほしかったものだけを厳選して、残りは棚に戻した。

ところが家に帰ってさっそくポプリをつくったかというと、そうではなかった。むしろせっかく買った材料の封を切るのがもったいなくて、そのままとっておきたい気持ちになった。大人になった今でも、何かをつくろうと勇んで材料を買いに行って満足してしまうことがよくあるのだけれど、そんなところだったのだろう。

それから数年して、自分の部屋を整理していると、きれいに包装された箱から袋詰めにされたポプリの材料がいくつも出てきた。袋の隙間からもれ出た香りをかぐと、夢中になって読んだ漫画や、友人と一緒に行ったお店のことが思い出された。あのとき買った材料、まだこんなにあったのね。そうだこれで匂い袋をつくろう。

漫画に出てきた双子の姉妹の姉（琴を弾く方）が、妹からもらったポプリの匂い袋を制服のポケットに忍ばせていたところ、すれちがった憧れの先輩から「あれ?花の香りは、きみ?」と声をかけられて交際に発展することを思い出した。匂い袋は恋の予感。そんな下心に突き動かされて、母に小花柄の小さい布切れをもらって小袋をつくり、ラベンダーとオレンジの皮を乾燥させたものを少し砕いて入れた。摘んできたばかりの生花や、剥いたばかりの生の皮のフレッシュさにはかなわないけれど、長い年月をかけて最後に残ったほんのりとした香りが秋の終わりのようで、気持ちが落ち着いた。

袋の入り口を糸でしばり、紫色の細いリボンをかけてできあがり。その年流《は》行《や》っていた映画『時をかける少女』のテーマソングを口ずさみながら、塾用のカバンにキーホルダーのようにしてくくりつけた。

＊

本屋で文庫版の『時をかける少女〈新装版〉』（筒井康隆）を見かけた。細田守監督のアニメ映画の主人公が表紙になっていた。

「時をかける少女」というと私たちの世代は、俳優の原田知世さんがヒロインを演じた大林宣彦監督の映画を思い出す。表紙のアニメ映画の主人公は、原田知世さんの雰囲気とは全然違うけれど、夏の制服姿の短い髪で空に駆けあがっていく姿が、躍動的で清々しく、まさに現代版の「時をかける少女」だった。

そういえばこのストーリーって、知っているようで知らない。映画も観たような観ないような……なんとなく惹かれるところがあって、読んでみることにした。

芳山《よしやま》和子と深町一夫、朝倉吾朗の三人は、土曜日の放課後、理科室の掃除をしていた。最後のゴミ捨てをひとり引き受けた和子は、実験室で物音がするのを不審に思ってドアを開けると、ガチャーンとガラスの割れる音がして、人が飛び出す気配がした。実験室には、かすかな甘い香りが漂っている。どこか記憶にあるなつかしい香り。ふたの開いている薬びんのひとつを手に取り、ラベルを読もうとして、気を失って倒れてしまう。

意識をとり戻した和子は、香りがラベンダーだったことに思い至る。それから数日後、和子は大きな地震と近所の火事に見舞われ、その翌朝には、登校途中に自動車事故に巻き込まれる。ところが何事もなかったかのようにベッドで朝を迎えていたので、事故は夢だったのかと思って登校すると、一夫も吾朗も昨夜に地震や火事などなかったと言う。

数学の授業でも、昨日やった問題がまた出題されている。昨日とったはずのノートには何も書かれていない。今日は十九日だと思っていたのに十八日だと言われる。ひどく混乱した和子は一夫や担任の理科の先生に相談してみると、ラベンダーの香りをかいだときに、テレポーテーション（身体移動）とタイム・リープ（時間跳躍）の能力を得たのではないかと言われる。

やっとストーリーを思い出した。でもこれを読むまで、和子のテレポーテーションとタイム・リープにラベンダーの香りが関係していたことは、すっかり記憶から抜け落ちていた。おそらく映画を観た人も小説を読んだ人も、ラベンダーのことなんておぼえていないのではないか。

自然界の花の香りや香水だけでなく、衣食住の香りや匂いをめぐる文芸作品は古今東西、枚挙にいとまがないけれど、日本の古典文学では花の香りといえば梅や橘であり、ラベンダーという、日本人にとっては比較的新しい花が使われていることに興味をおぼえた。

この作品が発表されたのが一九六五年。当時ラベンダーの香りを利用した製品には、舶来品の香水なども含めてどのようなものがあり、香りがどのようなものとして受けとめられていたのかを調べてみたが、ゼロではないものの、これといった情報を見つけることはできなかった。

戦後、ラベンダーは北海道の富良野地域の一帯で香料用として栽培されていて、一大産業となっていた。国際的にも評価の高い品質を誇り、一九七〇年には過去最高の生産量を記録した。しかし海外で安価につくられた化学合成の香料におされて、一九七三年には大きな取引先の香料会社から取引を停止されたことで、多くの農家が別の作物への転換を余儀なくされ、廃業に追い込まれた農家もあった。

　このような歴史的な背景を踏まえると、ラベンダーの香料でさまざまな日用雑貨がつくられ出回っていたと考えられる。現代ほどではないにしても、生活では馴染みのある香りだったのではないか。

　ラベンダーと一口にいってもさまざまな種類があり、生産地や季節によって香りも違う。私がアロマテラピーでよく使うラベンダーの精油は、主にフランス産のもので、荒々しい野性味を熟成させた濃厚な香りが持ち味だ。

　北海道のラベンダー産業は、その後、あることをきっかけに観光地化した。その中心的な存在となっている有名なファームがあり、アロマテラピーを学びはじめたころ、訪れたことがあった。ラベンダー色のソフトクリームと精油の購入を楽しみにしていた。ファームに到着すると我先にとバスを降りて、花を蒸留する機械などを見学したあと、売店に駆け込んだ。そこで精油の香りをかぐと、それまでにかいだどの精油よりもずっと軽やかで、青々しさを残した雑味のないすっきりとした香りだった。産地が違うだけで、香りもこんなにも違うんだ。

「時をかける少女」の和子は、実験室でラベンダーの香りをかいだとき、次のように感じている。

「なんのにおいかしら？」

それは、すばらしいかおりだった。和子はそのにおいがなんなのか、ぼんやりと記憶しているように思った。――なんだったかしら？このにおいをわたしは知っている。――甘く、なつかしいかおり……。いつか、どこかで、わたしはこのにおいを……。

『時をかける少女〈新装版〉』所収

ラベンダーの香り成分にはさまざまな薬理効果がある。鎮静、鎮痛効果は代表的なもので、特にリナロールと酢酸リナリルという成分は興奮や緊張を鎮め、脳内ホルモンのセロトニンの分泌を促し、心身をリラックスさせる働きがある。和子が実験室でかすかな甘い香りをとらえたとき、「すばらしいかおり」「甘く、なつかしいかおり」と感じているのは、ラベンダーの香りのそのような成分によるものと思われる。

和子は自分の時間の感覚がおかしいことに不安を感じて、一夫の家を訪れる。この家には温室があり、ラベンダーの花が咲いている。以前、和子が遊びにきたとき、一夫の父親がラベンダーについて教えてくれたことを思い出した。実験室でかいだ香りが、ここのラベンダーと同じだったような気がして、ラベンダーにまつわる大事な思い出があると感じたのは、この家のことだったのかと思う。

ここにきて、和子の姓の「芳山」に、好ましい香りを表現する文字「芳」が使われていることに気がついた。

ご存知のように、ある香りをかいで特定の記憶や思い出がよみがえってくることを「プルースト現象（効果）」と呼ぶことがある。フランスの作家マルセル・プルーストによって書かれた『失われた時を求めて』で、主人公がマドレーヌを紅茶にひたすと、その香りで幼少時代を思い出す場面にちなんでいるという。

これをアロマテラピーで習ったことでかなりおおざっぱに説明すると、鼻や口でとらえた香り物質が電気信号に変換され、大脳辺縁系《だいのうへんえんけい》と呼ばれる古い記憶や感情にかかわる場所に運ばれる。

大脳辺縁系は動物としての本能（敵の認識、食糧の探索と可食の判断、生殖など）を司る場所で、電気信号に変換された香り物質が生存にかかわる記憶とダイレクトに通じることで、考えるよりも前に、あぶない！食べられそう！安心できそう！といった感情を引き起こす。つまり、香りをかいで過去を思い出すというのは、本来、危険を回避し、生命を維持するための情報を引き出す機能なのだ。

和子が一夫の家で自分たちの身に起きたことを話しても、ふたりは信じなかった。しかしその夜から、和子が話したとおりのことが次々と起きたことで、やっと信じる気になり、三人で担任の先生のところへ相談に行く。すると先生は、ラベンダーの香りをかいだときに、テレポーテーションとタイム・リープの力を得たのではないか、自動車事故に巻き込まれた瞬間、一日前に戻ったことを考えると、それと同じ状況をつくれば、実験室で倒れた日に戻れる可能性があると言う。

下校途中、先生のはからいでタイム・リープを体得した和子は一日前さらに一日前と戻り、とうとう実験室で倒れた土曜日の放課後に戻ってくる。そこで待っていたのは、一夫だった。

一夫は一ヶ月前に二六六〇年の未来からやってきた十一歳の少年で、テレポーテーションとタイム・リープを組み合わせる研究をしている。研究で完成させた薬品を飲んで過去に行く実験をしていたところ、薬品を持たずにきてしまったため、自分の時代に戻ることができなくなり、この実験室で薬品をつくっていた。テレポーテーションとタイム・リープを組み合わせるにはラベンダーが有効で、植物好きでラベンダーを育てていた深町夫婦の子供になりすまし、人々の記憶を変えてこの学校に通っていた。

和子は一夫に関する記憶や思い出が本物ではなく、一夫の催眠術によってつくり出された架空のものであること、薬品が完成して一夫が未来に戻ろうとしていることにショックを受ける。同時に一夫が自分に好意を寄せていることを知って、戸惑う。

ラベンダーは、一夫がテレポーテーションとタイム・リープを組み合わせるための触媒だったわけだが、ここでひとつ疑問が湧いてくる。和子がラベンダーの香りをかいで最初に感じた「甘く、なつかしいかおり」は、母親の香水よりも

「もっと大事な思い出」につながるはずなのに、それには何もふれられていない。

一夫は、和子に自分の想いを打ち明けたとき、「実際に交際した時間よりも長く、ずっと前からきみを知っているような気がするんだ」と言っている。和子が感じた「なつかし」さと、一夫の「ずっと前からきみを知っているような」気持ちは、呼応し合っているのではないか。つまり、ふたりはこれよりも前にすでに出会っていることを、暗示しているようにも思えるのだ。

一夫は未来に戻ることを選び、和子たちに残っている一夫に関する記憶をすべて消し去っていく。その別れ際、和子からまた会いにこの時代にきてくれるかと問われて、「きっと、会いにくるよ。でも、その時はもう、深町一夫としてじゃなく、きみにとっては、新しい、まったくの別の人間として……」と言う。一夫はラベンダーを使った薬品で、これまでに何度もテレポーテーションとタイム・リープの実験を繰り返し、これよりも前に一夫としてではなく、別の誰かとして和子と出会っているのではないか。その記憶は和子にはないが、ラベンダーの香りをかぐとその記憶の断片が掘り起こされ、「甘く、なつかし」く「もっとだいじな思い出」と感じられたように思えるのだ。そしてその香りが、和子のそう遠くない未来で、ふたりを再会に導くのだろう。そんなことを予感させるラスト。ラベンダーは、どんな時代であってもふたりを結びつけ、互いを認識し合うための縁《よすが》なのだ。いつか北海道でかいだ、青々しさの残る爽やかなラベンダーの香りがふたりにはぴったりのように思えた。

ふたりの交流はたった一ヶ月のできごとではなく、和子・一夫・吾朗の三人の過去・現在・未来にわたる物語に仕立てたのが、原田知世さん主演の映画を手がけた大林宣彦監督だ。

あらためて大林監督の映画『時をかける少女』を観てみると、原作となった小説はＳＦ色が強い。一夫が未来の二六六〇年を語るところは、現在のテクノロジー社会そのもので、予言のようでもある。大林監督の映画はどちらかというと、植物をなかだちとした時間と記憶をめぐる詩情豊かな文学作品のような味わいがあり、その違いが興味深い。

たとえば、和子たちの担任の先生は、映画では理科の先生ではなく、国語の先生だ。一日前にタイム・リープした和子が同じ問題を再度解くシーンは、数学ではなく国語の授業。そしてその問題は、漢文でおなじみの「少年易老学難成、一寸光陰不可軽、……」（少年老ひ易く学成り難し、一寸の光陰軽んずべからず）で、時間の流れのはやさを説いたものだ。

映画の和子がよく口ずさむのが「桃栗三年、柿八年……」のことわざに、節回しをつけたわらべうた風の歌で（大林監督作曲の「愛のためいき」という曲らしい）、植物のなかに流れる時間がテーマになっている。一夫が未来からやってきた理由も、未来ではテクノロジーの行き過ぎで植物が絶滅してしまったため、この時代まで探しにやってきたという。

映画の見どころのひとつは、小説にはない和子と一夫と吾朗の関係だ。和子は身の回りで起きたことに不安をおぼえて、一夫に相談しているうちに、一夫に惹かれていく。吾朗は人知れず和子に想いを寄せている。ところが、和子はもっとも大切にしていた一夫との幼い頃の思い出が、実は吾朗との思い出だったことに気づく。さらに不安をおぼえた和子は……。

映画の一夫も和子たちの時代の何かを変えることはなかったけれど、和子のなかにあった吾朗との思い出を書き換えたばかりに、和子と吾朗にありえたはずの未来が変わってしまった切ないラストとあのテーマソング。そして、死者と生者のあわいを描きつづけた大林監督ならではの一夫とその家族の記憶に、胸がしめつけられた。

＊

ラベンダーとオレンジの皮でつくったポプリの匂い袋をカバンにつけて塾に行く。憧れのあの子は、この香りに気づいてくれるかな？と淡い期待を抱いていたところ、ある日、その子から呼び止められた。漫画のような展開になるかしらと胸が高鳴る。

「おまえ、そのカバンから変なにおいがするぞ。押し入れから出してきた母親の着物のようなにおいだ」

変なにおいって……押し入れ……お母さんの着物って……頭のなかが真っ白になり、立ち去っていくその子の後ろ姿が霞んだ。それでもありったけの気力をふりしぼって、この香りのよさが分からない人なんて、こっちからお断りだ……

あっかんべーっだ……。

みんなの「幸い」のために生きたいと願う花

「ガドルフの百合」（宮沢賢治）の百合を生ける

「宿題の教科書、学校の机のなかに置きっぱなしにしてきちゃった、取りに行ってくるねー」

小走りしながら靴を履き玄関の扉を開けると、外は灰色一色だった。少し前から曇りはじめていた空が、あっという間に黒々とした厚い雲に覆われていた。遠くで起きた夕立がこちらの方に向かってきていることを予感させる土埃や湿った雨の匂いがした。

「雨、降りそうだから傘を持っていきなさい」

父が玄関までできて声をかけてくれたが、学校までは歩いても五分とかからないところだったので、大丈夫、すぐに戻ってくるからと、そのまま飛び出した。

まだ土曜日の午前中に学校の授業があった頃、苦手な算数の計算問題が、教科書数ページにわたって宿題に出された。少しでも早く終わらせて日曜日の自由な時間を確保したいと思い、夕飯前にランドセルをのぞくと、肝心の算数の教科書が入っていない。あーーー。天を仰いだ。

土曜日の学校の正門は夕方四時には閉まってしまうため、裏の通用門から入った。生徒は下校後、校内に入ってはいけないという規則があり、やむを得ない用事で入る場合は、職員室の先生か用務室の職員に声をかけて、日時、学年、クラス、名前を記入する必要があった。

すでに先生たちも退勤した後らしく、職員室の鍵は閉まっていた。仕方なく用務室のおじさんに事情を話して入れてもらい、必要事項を書いて教室に向かった。誰もいない暗い廊下を抜けて階段をあがり、教室にたどりついたときには、頭の上の方でゴロゴロゴロという音が聞こえはじめた。

窓際の自分の机のなかをのぞくと、算数の教科書が迎えを待っていたかのように鎮座していた。ほっとして持ってきた手提げ袋に教科書をしまい、教室を出ようとした瞬間、カーテンが風にあおられてバサーっという音を立ててめくれあがった。暑くなりはじめた時季だったせいか、開けていた窓を最後に出た人が閉め忘れたのかもしれない。

あまり長居したくはなかったけれど、そのままにもできずに窓際に再び近寄る。重くて硬い老朽化したサッシをなんとか閉めようと格闘していると、また風であおられたカーテンが、今度は近くの花瓶に挿された百合の枝花を巻き込んで、めくれあがった。ああ、先生のお父さんの百合が……。

その週のなか頃、担任の先生が窓辺に飾った百合。先生は、実家でお父さんが育てた季節の花を、自前の花瓶を持ってきて教室に飾ってくれた。特に秋口のコスモスや晩秋の小菊は、今思い出しても見事なもので、窓辺で花が揺れるたびに、季節の移ろいや深まりを感じた。

カーテンに巻きあげられ床に散らばった、細長い青白い複数の蕾をつけた百合の枝を一本一本ひろって先生の花瓶に押し込んだ瞬間、窓の外の黒い空に黄金色の筋が走った。思わず頭を押さえ床に臥した一、二秒後に、今度は大木の幹が割れるようなバリバリバリという轟音《ごうおん》が響き、間もなく、大きな雨粒が窓を叩きはじめた。そっと頭をあげると、再び光った黄金色の筋を背景に、百合が硬い蕾を内側から押しひろげ、その花びらを開こうとしていた。

*

友人のお子さんに絵本をプレゼントしようと絵本専門書店に入ると、『ガドルフの百合』という絵本が視界に入ってきた。群青色の背景に大輪の百合の花枝、稲妻らしい筋と小さな人物が描かれた表紙に惹かれて手を伸ばすと、「宮沢賢治作」とあった。

ガドルフは旅の途中で激しい雷雨に遭い、黒い大きな家に身を寄せる。誰もいない家で一息つくと、窓の外に何かの気配を感じた。誰かいるのかと思い窓を開けると、暗闇に稲妻が光るなかで十本ばかりの白百合が揺れているのに気がつく。

稲妻と雨粒のなかで幻想的に神々しく立つ白百合を、ガドルフはいとしいと感じ、「おれの恋《こい》は、いまあの百合の花なのだ。いまあの百合の花なのだ。砕《くだ》けるなよ」と祈るような気持ちでしばらく見つめていた。

しかし、とうとう一本の百合が雷雨のなかで折れ倒れるのを目の当たりにし、窓を閉めて眠りにつこうとする。ところが熱のせいか眠れず、「おれはいま何をとりたてて考える力もない。ただあの百合は折《お》れたのだ。おれの恋は砕けたのだ」と思う。

夢からうつつか浅い眠りから目をひらき、寒さに震えながら立ちあがる。雷雨のなかで倒れた一本以外の百合の群れが、稲妻のわずかな残光に白く照らされているのに気がつく。そして出発の決意をする。「おれの百合は勝ったのだ」と。

雷雨のなかで出会った百合をめぐるガドルフの思考と心象の変化のストーリーなのだが、一度読んだだけではなかなか解しえない世界観だ。

「やまなし」「風の又三郎」「注文の多い料理店」など、学生時代、国語の授業で習う宮沢賢治の作品が、正直あまり好きになれなかった。いや、好きとか嫌い以前に、見たこともないものの名前、独特の比喩・暗喩表現、不思議なオノマトペが、寓意《ぐうい》や象徴性に満ちた詩のようで、理解が追いついていかなかった。また、登場人物たちが「ここではないどこか」、つまり抽象的な意味での自然や宇宙、大いなる力と通じ合い、志向し、その境界がひどく曖昧であることに、戸惑うばかりだった。

「ガドルフの百合」の分からなさもそのようなものだとは思いながら、でも、この百合について考えてみたいという衝動にかられた。

「ガドルフの百合」の百合について考える前に、そもそも宮沢賢治の作品のなかで百合はどのような存在として登場するのかという疑問が浮かんだ。賢治の作品には多くの植物が登場することでも知られていて、ほかの作品にも百合が登場すると思われた。

青空文庫のテキストデータ化された宮沢賢治の童話作品で、「百合」の単語を検索してみると、百合が作品タイトルにあらわれる「ガドルフの百合」では十二回、「四又《よまた》の百合」では九回登場する。

作品タイトルに「百合」の単語はあらわれていないが、作中で登場するものでは、「グスコーブドリの伝記」で三回、その前身と考えられている「ペンネンネンネンネン・ネネムの伝記」で一回、「雪渡り」で二回、生前未発表の「めくらぶどうと虹」で二回、「烏の北斗七星」で一回、「水仙月の四日」で一回、「風の又三郎」の前身と考えられている「風野又三郎」では一回という結果だった。

検索範囲を詩にまでひろげてみると「百合を掘る」で二回、「火の島」で一回、未完に終わった『春と修羅 第二集』では、海底の植物「海百合」と水芭蕉の別名「鷺百合」を除くと二回、「文語詩稿 一百篇」では一回の登場だった。

今度は、百合がそれぞれの作品のなかで、どのような存在として登場しているのかが知りたくなり、一つひとつの童話や詩を読んでみた。

「四又の百合」は、「ハームキャの城」がある町に、正偏知《しょうへんち》（如来の別名のひとつ）がやってくる日、王が大蔵大臣を遣わせて百合を求めるというストーリーで、聖なるものを迎え供えるための花として登場している。

「グスコーブドリの伝記」では、イーハトーブ火山局の技師として働くブドリは、サンムトリ火山の噴火が近いことに気づく。火山エネルギーを放出させようと街と山の間で土木作業のスイッチを入れると、大地が揺れて、溶岩が海へ流れ出す。空が灰に覆われ、野原一面に咲いている百合は折れて、灰に埋まってしまう。冷害で両親を失った過去があるブドリは、後年、また冷害に見舞われることを察知した。今度は噴火が迫っている火山の熱を利用して、地球を温めようと考え、火山のある島にひとり残る決意をする。百合はそんなブドリの最期を暗示している。「グスコーブドリの伝記」の先駆け的な作品といわれている「ペンネンネンネンネン・ネネムの伝記」では、飢饉で両親を失い、妹も連れさられたネネムが立身出世して、世界裁判長の地位に就く。ある日曜日、ネネムは大勢の部下を連れてクラレの丘に赴く。クラレの丘はネネムがいるばけものの国と人間の世界の境界のような場所で、そのクラレを百合のような花だといい、比喩として登場する。

「雪渡り」は、雪が凍った日の夜に兄妹が狐たちの幻燈会に招待されるというストーリーで、百合の花そのものは登場しないが比喩として登場する。雪が凍った日の朝の様子を「お日様がまっ白に燃えて百合《ゆり》の匂《にお》いを撒《ま》きちらし」と表現し、幻燈会へ向かう途中にある雪の林のなかの木漏れ日を「雪には藍色《あいいろ》の木の影《かげ》がいちめん網《あみ》になって落ちて日光のあたる所には銀の百合《ゆり》が咲いたように見えました」と語る。幻燈会は兄妹にとっては〝別の世界〟であり、林はその入り口のような役割を果たし、それを表現するための比喩として登場している。

「めくらぶどうと虹」では、地上にあるめくらぶどう（東北での野ぶどうの呼び名）が天上にかかる虹に憧れを抱き、その気持ちを受け取ってほしいと訴える。

虹が自分もめくらぶどうも同じ存在であり、この世の限りあるすべての命や存在が尊いと諭《さと》すなかで、世俗的な名誉よりも尊いものの喩えとして「野の百合」を挙げている。またどんなにかすかな、とるにたらないものであっても尊く、その尊さの最上級の比較対象として「聖なる百合」を挙げている。

「烏の北斗七星」では、戦争とはいえ敵が勝てばいいのか、自分が勝てばいいのかを「マジエル様」（北斗七星）に問いかける烏の大尉は、敵の山烏の襲撃を受けて迎え討つ。大尉の軍が山烏を仕留めた夜明け、山烏が落ちた雪山に太陽の光があたり、白百合を咲かせる。「マジエル様」の「お考え」で失われた尊い命に対する、大いなる自然からの手向けの花として登場する。

「水仙月の四日」は、東北に春が近づいた冬の終わりの雪嵐の様子を描いたもので、雪嵐を起こす仕事を終えた雪童子《ゆきわらす》の上気した息の香りが百合のようだといい、比喩として登場する。

「風野又三郎」では、又三郎は自分が吹かせた強い風に怯える兄弟を助けるために風をとめて、横の草原から百合の匂いを送り慰めてやったといい、慰めの小道具として登場する。

詩の「百合を掘る」では、現代の私たちも正月に食す百合の根をひとり掘るという内容のなかで、掘り起こされる根の小ささが「われ」の「さびし」さと重ねられている。「火の島」も、海鳴りが轟《とどろ》く日に椿の林で朝から晩まで百合の根を掘るというもので、「百合を掘る」と関連する内容かと考えられる。

『春と修羅 第二集』では、「休息」と「氷質の冗談」という詩で登場する。「休息」では、「わたくし」は山仕事で強くて荒い風に遭遇するが、「白金の百合のやうには「二人の侍者に香炉と白い百合の花とをさゝげさせ」とある。「休息」の方で…略…ほのかにねむることができる」という。「氷質の冗談」では「わたくし管長」は聖なるものの比喩として登場し、「氷質の冗談」では童話「四又の百合」と同様に、聖なるものに捧げる花として登場している。

「文語詩稿 一百篇」では、「沃度ノニホヒフルヒ来ス」という文語体の詩に、「百合ノ五塊《タマ》ヲ、ナガ大母ニ持テトイフ。」とある。「五塊《タマ》」とはひとつの枝に五つの花や蕾がある様子のことで、それを「ナガ大母持テ」（あなたの偉大なお母さまに捧げよ）というもので、百合を「魂」という尊いものとして、「大母」という尊い存在に捧げよということなのだろう。

これらをグループ化してみると、聖なるもの・尊いものに捧げる花、百合そのものが聖なる花、聖なる何かを象徴する花、もうひとつの世界への入り口や境界を象徴する花、さびしさやかなしさを重ねる花の五つのパターンに分けることができる。「ガドルフの百合」の百合はどれに相当するのだろうかとひとしきり考えてみたところ、すべてに相当する、つまりほかの作品に登場する百合の綜合的な姿なのではないかという考えが浮かんだ。同時に、ガドルフの旅はそのような百合を通じて、聖なる何かに近づくための旅なのではないかとも思えた。

冒頭、ガドルフの旅は「みじめな旅《たび》」と語られる。そんな旅の途中にあるガドルフは、十六マイル先にある次の街がなかなか見えてこなくて苛立ち、目に映るものすべてに対して声にならない悪態をついている。

ガドルフがなんの目的でどこに向かっているのか、この旅がなぜみじめなのかは語られていないが、雷雨がくる焦りのなかで、並木道のずっと先に見える「ぼんやり白い水明り」が「少ぅしおれのたよりになるだけだ」と語っていることから、そこがガドルフのたどりつくべき場所であることを予感させる。

水明かりとは、湖や川の澄んだ水が、日や月の光に照らされて美しく輝いて見えることだが、おそらくそこは、「雪渡り」に出てくる兄妹が子狐に招待された幻燈会と同じような場所なのではないか。幻燈会は、狐たちの心根が正直で嘘のないことを兄妹たちが理解した場所であり、宮沢賢治の最愛の妹トシが旅立っていった死の世界、日や月の光で美しく輝いた聖なる場所と考えるとき、「水明かり」が暗示するのはそのような世界なのではないか。

夜になり雷雨が激しさを増すなか、ガドルフは「巨《おお》きなまっ黒な家」を見つけて逃げ込む。誰もいない家を不審に思い、声にならない悪態を繰り返しながら家のなかに入っていくが、そんな自分に嫌気を起こしている。なんとか荷物をおろして重い外套を脱いだ。この後から少しずつ、ガドルフの苛立ちと悪態が変化していく。

雷雨の前、並木道を歩いていたときの楊《やなぎ》は、ガドルフにとって「巫戯《ふざ》けた」「どこまで人をばかにする」ものであり、「まるで砒素《ひそ》をつかった下等《かとう》の顔料《えのぐ》のおもちゃ」と感じるものだった。ところが外套を脱ぐときに思い浮かべた楊は「白い貝殻《かいがら》でこしらえあげた」もので、「楊の舎利《しゃり》がりんと立つのは悪《わる》くない」ものへと変化している。「白い貝殻《かいがら》」は「双子の星」にも出てくる、はかなくおかし難いものであり、「楊の舎利《しゃり》」は楊の木でできた仏舎利塔のことで、仏に関わる尊いものだ。

ガドルフは外套を脱ぎ、ぬれた顔を拭くと「はじめてほっと息を」つき、「少ししずかな心持《こころも》ち」になり、声にならない悪態が穏やかな思考へと変わっていく。このような変化は、心や思考のなかでうずまく雑念を超えて、尊いもの、ひいては聖なるものに感応する何かが、ガドルフに芽生えたことを物語っているのではないか。

窓の外にぼんやりと白いものが見えたので、窓を開け、誰かと問うものの返事はない。稲妻の光で十本ほどの白百合が「かがやいてじっと立って」いるのが目に入った。窓の外へ身を乗り出し、暗闇でほのかに揺れる百合の影を見つめながら、次の稲妻を待つ。その瞬間、稲妻に照らし出された「いとしい花」は、雨粒に打たれながらも「まっ白にかっと瞋《いか》って立」った。それを見たガドルフは「おれの恋《こい》は、いまあの百合の花なのだ。いまあの百合の花なのだ。砕《くだ》けるなよ」と思う。

ここでもガドルフの変化が見てとれる。並木道の街道で雷雨に襲われたとき、稲妻は「まるでこんな憐《あわ》れな旅のものなどを漂白《ひょうはく》してしまいそう」なもので、「雨のつぶと一緒《いっしょ》に堅《かた》いみちを叩《たた》」く存在だった。ところが百合を照らし出す稲妻は「明るくサッサッと閃《ひら》めいて、庭《にわ》は幻燈《げんとう》のように青く浮《うか》び、雨の粒《つぶ》は美《うつく》しい楕円《だえん》形《けい》の粒になって宙《ちゅう》に停《とど》ま」る幻想的な存在として語られている。ここはいずれも、ガドルフの思考や心内の言葉ではなく、語り手による地の文なのだが、語り手はガドルフの変化をとおして、稲妻と雨粒を語り分けている。

そしてもうひとつ注目したいのが、百合が「まっ白にかっと瞋《いか》って」いることだ。「瞋《いか》る」を辞書で引いてみると、「怒る」とか「にらみつける」といった意味があるとともに、仏教用語のひとつで「自分の心と違うものに対して怒りにくむこと」とある。重い外套を脱ぐ前のガドルフの苛立ちと言葉にならない悪態は、何に向けられたものなのかがよく分からなかったのだが、この仏教用語の意味を引き寄せてみると、自分が望む理想とする生き方や、自分のなかにある尊い何か、聖なる何かを大切にして生きられない苛立ちと、それに対する悪態だったのではないか、という考えが浮かんだ。

だから「瞋《いか》っ」た百合を見たガドルフは、百合に自身を重ね合わせて「おれの恋《こい》は、いまあの百合の花なのだ。いまあの百合の花なのだ。砕《くだ》けるなよ」と思ったのではないか。ここでいう「恋」とはいわゆる恋愛の感情ではなく、気持ちを対象に寄せる、重ねることだと考えれば、この一文の唐突さがだいぶ薄れるように思われた。

ガドルフはそんな百合を見つめながら、一方で自身の頭のなかにある「すこしも動《うご》かずかがやいて立つ、もう一むれの貝細工《かいざいく》の百合を、もっとはっきり見て」いた。「貝細工《かいざいく》の百合」とは、楊が「白い貝殻《かいがら》でこしらえあげた」と表現されたのと同じで、ガドルフのなかにある尊い何か、聖なる何かであり、稲妻にさらされている百合を見て、それをはっきりと彼自身が自覚した瞬間ではなかったか。

目の前の百合と頭のなかの百合を見つめつづけている間も、稲妻は容赦なく光り、地面に落ちていく。百合の「憤《いきどお》りは頂点《ちょうてん》に達《たっ》し、灼熱《しゃくねつ》の花弁《かべん》は雪よりも厳《いか》めし」かったという。そして次の稲妻が閃いた瞬間、百合の一群《ひとむれ》のなかで背の高い一本が折れて倒れたことを、ガドルフは察した。百合は稲妻によって折られたようにも読めるが、ガドルフは百合自身が「あまりの白い興奮《こうふん》に、とうとう自分を傷《きず》つけ」たと考えている。

ご存知のように宮沢賢治は、無力であっても誰かのために生き、誰かを助けることによって自身が生かされる生き方を理想とし、追い求めた。「銀河鉄道の夜」や「グスコーブドリの伝記」「よだかの星」「めくらぶどうと虹」などの作品にも、そのような生き方を望む主人公が登場するが、そこには必ず自分が誰の役にも立てない、とるにたらない存在であることへの苛立ちと葛藤がある。深く思い詰め、自分の命に換えてでもそのような生き方を願う姿は痛々しいが、どこか神々しくさえある。百合の「瞋《いか》り」や「憤《いきどお》り」も「雪よりも厳《いか》めし」いことも、そのようなものであると同時に、自身をも傷つけ命を奪うものなのだ。

倒れた百合を見ていられなかったガドルフは窓を閉めて、部屋に引きあげる。発熱と悪寒でなかなか寝つけない。「おれはいま何をとりたてて考える力もない。ただあの百合は折《お》れたのだ。おれの恋は砕けたのだ」と意気消沈して、「遠い幾《いく》山河《やまかわ》の人たち」や「なつかしい人たちの語《ことば》」やあの街道の楊を思い出していた。

うつらうつらしていると、ガドルフの頭の上でふたりの奇妙な男が取っ組み合いをしているのが聞こえてくる。まもなくふたりが取っ組み合ったまま坂を転がってくると、ガドルフは巻き込まれて倒された。その衝撃で目を見ひらき、寒さに震えながら立ちあがると、雷が今しがた落ちたようだったが、雨もおさまりつつあり雷が遠のくのを感じた。そして雷雨のなかで折れた一本をのぞく百合の群れが、稲妻のわずかな残光に白く照らされていた。それを見とどけたガドルフは、出発の決意をすると同時に、「おれの百合は勝ったのだ」と思う。

部屋に引きあげてからこのラストまで、ガドルフの思考と心内、夢と現実とが複雑に混じり合っていて、何度読んでも分かりにくい。出発を決意し「おれの百合は勝ったのだ」と言いながらも、前後の文章から、ひんやりとした寂寥感や諦念、なんともいえない静けさが感じられる。何より「おれの百合」は折れた一本なのに、残った百合の群れを見て「勝った」というのはどういうことなのか。

何度も読み直すうちに、もしかしたらガドルフは、昼間「水明り」のように見えた「少ぅしおれのたよりになるだけだ」と思った場所に渡って行く準備が整ったのではないか、という考えに至った。

ガドルフは発熱と悪寒のなかで、「遠い幾山河《いくやまかわ》の人たち」を「燈籠《とうろう》のように思い浮《う》かべた」とある。燈籠や火は亡くなった人の供養や、その霊を送り迎えするのに使われることを踏まえると、「遠い幾山河《いくやまかわ》の人たち」「なつかしい人たち」とは今は亡きガドルフの故郷の人や親兄弟であり、その人たちが燈籠を通じて迎えにきたとも考えられる。「雪渡り」では狐たちの幻燈会が終わると兄妹の三人の兄たちが迎えにくるのだが、三人の兄たちは「黒い影《かげ》」と表現されることから、死者なのではないかと考えられている。

また残った百合を眺めている窓から一本の木と薔薇色の雫《しずく》が見えるが、それは「暁方《あけがた》の薔薇色《ばらいろ》」ではなく、「南の蝎《さそり》の赤い光がうつった」色だという。蝎といえば、「銀河鉄道の夜」で、ジョバンニとカンパネルラが乗った鉄道に乗り合わせた少女が語る、蝎の話しをまず思い浮かべる。これも「よだかの星」や「めくらぶどうと虹」と同じように、蝎が自分の身体を「まことのみんなの幸《さいわい》のために」使ってほしいと「神さま」に祈ったことで、「じぶんのからだがまっ赤なうつくしい火になって燃えてよるのやみを照らしているのを見た」という。

つまりガドルフが雫のなかに見たのは、「暁方《あけがた》」に象徴される明るい未来ではなく、蝎やカンパネルラ、少女が旅立っていった天上（銀河）だったのではないか。だからこそ出発を決意したのは、「まだ夜中にもならない」「街道の星あかり」

に導かれる時間なのだ。

　ガドルフの頭の上で取っ組み合っている奇妙なふたりの男のうちのひとりが「豹《ひょう》の毛皮《けがわ》のだぶだぶの着物をつけ」、もうひとりが「烏《からす》の王のように、まっ黒くなめらかによそおって」いることから、ふたりは夏の空に輝くヘラクレス座（ヘラクレスは大獅子を退治しその毛皮を身にまとったとされる）とわし座ではないかという指摘がある。

　ふたりの取っ組み合いは「奇麗《きれい》に光る青い坂《さか》の上」でおこなわれ、その様子を「青く光る坂の下」で、「小さくなってそれを見上げてる」自分（ガドルフ）が見えたという。この「青い坂《さか》の上」と「青く光る坂の下」は、ガドルフが自身の頭のなかで見た百合が「青黝《あおぐろ》い斜面《しゃめん》の上に」咲いているのと同じ場所、つまり聖なる天上（銀河）であり、そこへの導きだと考えられる。

　ガドルフの出発とは、「グスコーブドリの伝記」のブドリ、「よだかの星」のよだか、「めくらぶどうと虹」のめくらぶどう、「銀河鉄道の夜」の蝎やカンパネルラのように、自分の命と引き換えにしてでも、「まことのみんなの幸《さいわい》のため」に生きることだった。それはまさに「おれの百合」が「折れた」ことによって、「勝った」瞬間でもあった。

＊

青々としてまだひらくはずのない蕾が開こうとしている姿には、熟していないものだけがそなえる清らかな凄みと神々しさがあった。誰もいない暗い学校の教室で、雷の光と音と強い雨音だけでも身動きが取れないのに、そのような百合の姿を目にして言葉を失った。

算数の教科書を取りに教室に入ってからどのくらいの時間が経ったのか。我に返ってよろよろしながら立ちあがり、なんとか教室の外に出ると、目をつぶって一目散に用務室に向かった。用務室では受付をしてくれたおじさんが、ひどい夕立になったね、おさまるまでここにいなさいと言ってくれたが、一刻も早く立ち去りたかった。外に目をやると雨足はいっそう強まり、校庭の少し窪地になっている部分が、池のようになっていた。

息を殺して無言で三十分ほど待っていると、雷もおさまり、雨足も弱まってきた。タイミングを見はからって、入ってきた通用門を出た。持っていた手提げ袋を雨避けにかかげて、水たまりをよけながら小走りした。途中、思いがけず父と弟にばったり出くわした。なかなか帰ってこない私を心配した母が迎えにやらせたらしい。

「だから傘を持っていきなさいと言ったでしょう」

父が面倒くさそうに小言を言う横で、ねえ、焼き鳥を買って帰ろうよと弟が助け舟を出してくれた。通学路に鶏肉だけを扱う精肉店があり、下校途中、甘じょっぱいタレの匂いに引き寄せられた。雨で引っ込めたプロパンガスの焼き台が再び店の外に設置され、焼きがはじまると、いつもの煙がもうもうと立ち込めた。タレがなみなみと注がれた年季の入った壺に、焼きあがった十数本の串がドボンと漬け込まれた。

結局、日曜日をまるまる潰して、苦手な算数の宿題を四苦八苦しながらこなして、月曜日、なんとか登校した。夕立の記憶が生々しく残る教室に、目も伏せがちにおそるおそる入ると、あの百合は窓辺ですっと立っていた。先生が飾ったときと同じ、蕾のままの姿で。

それでも太陽を見つめつづけた花

映画『ひまわり』（監督 ヴィットリオ・デ・シーカ）のひまわりを生ける

トリエステ＝ロンキ・デイ・レジョナーリ空港（通称フリウリ＝ヴェネツィア・ジュリア空港）に到着したのは、空にまだ、オレンジ色のグラデーションが残る時間だった。

薄暗いターンテーブルのところで荷物が出てくるのを待ちながら、荷物を取りあげて出口に向かっていく人々を眺めていた。ローマから同じ飛行機に乗り合わせた人たちは、男女かかわらず、ほとんどがローマからの商用の帰りといった様子だったが、家族が車で迎えにきていた。日本なら終業時間でもないこの時間、一度、会社に戻って報告して、残務してというところなのだが、家族が迎えにきて、もう何年も会っていない者同士のような抱擁を交わし、夕闇に消えていく光景が、遠い異国にきたことを思わせた。

私の荷物が出てきたのは最後の方だったらしく、人の姿がほとんどないことに気がついた。大きな荷物を一緒に取りあげてくれる人もいなくて、急に寂しさとともに不安をおぼえたが、ここからが本当の旅のはじまりなんだから、ホテルに到着するまでは気を強く持たなくては、と気持ちを奮い立たせた。

ガラガラとスーツケースを引っ張りながら、まず、トリエステの市内に向かうバスの切符売り場を目指した。事前にホテルにメールで、飛行機が十五時半前後に到着することを伝え、ホテルまでどのように行けばいいかをたずねたところ、バスかタクシーでトリエステ中央駅までくればその目の前だと教えてくれた。

以前にこの地を旅した日本人が、バスの切符が買える自動販売機までの行き方を撮影した動画をインターネット上にアップしていて、それを思い出しながら、なんとか販売機までたどりついた。しかしトリエステ市内までの料金がいくらといった表示がなくて、どのように買ったらいいのか分からなくて呆然としていると、

「Hi, May I help you ?」

ティーンエイジャーと思われる女の子が、英語で声をかけてくれた。ほっとして、私もつたないながら英語で

「I would like to go to」

と言いかけたところ、

「I'm sorry I don't understand English.」

「……」

ティーンエイジャーに感謝の言葉を伝えたものの、英語が分からないなら、英語で声かけないでほしいと思ってしまった。とはいえ、私自身、イタリア語ができないまま、今日ここまできてしまったことを悔いた。

自動販売機で切符を買うのを諦めて、どこか窓口で買えないかと思って、構内の売店のおばさんに、トリエステ中央駅まで行きたいんだけど、どこかでバスの切符は買えないかしら?とたずねたら、ここで買えるわよと言ってくれた。おー!キリスト教国だけど地獄に仏とはこのこと!さっそく財布からお金を取り出しながら、いくらか聞くと三十ユーロと言われた。あれ?ホテルからのメールには、バスなら十ユーロ、タクシーなら五十ユーロくらいってあったのに、私、

もうここでぼったくられるのかしら？なかば絶望的な気持ちになった。

でも言葉も通じない国でいきなりタクシーに乗るのはこわいし、タクシーなら五十ユーロかかるところそれよりも安いなら、三十ユーロでいいかと諦めの気持ちで、五十ユーロ札をおばさんに渡すと、No, no, no といって、十ユーロをよこせといっているらしきジェスチャー。よく分からないまま十ユーロ札を渡すと、八・七ユーロのお釣りと切符をくれた。英語のサーティ（三十）とサーティーン（十三）を聞き間違えたのかしら？でも一・三ユーロ……ホテルの人がいっていた十ユーロってなんだったのかしら？？？

とりあえずTriesteと書かれた切符が手に入ったので、お礼に水とお菓子を買って、バス停の番号を確認して、外に出た。

この時間になると、さすがに空は群青色のグラデーションになっていて、下の方にほんのりとオレンジ色が残っているだけだった。日本の、そしておそらく世界中の空港がそうであるように、周辺にはこれといった建物はなく、ただ鉄の網とコンクリートの平原があるだけの風景だったが、初めての海外ひとり旅ながら、自力でここまでこられたことが誇らしかった。

乗り込んだバスが十七時に出発すると、あたりはすっかり真っ暗になっていた。まったく見知らぬ土地、縁も所縁もない土地で、バスの窓から何も見えないことが、こんなにも心細いだなんて思わなかった。たしか海岸線を走っているはずだけれど、それが右手なのか左手なのかも分からなかった。

途中途中のバス停で、通勤帰りと思われる人たちが乗り込んでくる。海外での生活経験や留学経験がない私にとって、これまでに交流がなかった民族・人種の人たちと同じバスに乗り合わせていることが不思議で、バスの蛍光灯の薄暗さと相まって、現実味がなかった。

一時間半ほどどこだか分からないところを揺られていると、市街が近づいてきたらしく、窓の外が街灯で少しずつ明るくなってきた。すると通勤者たちはおのおののバス停で降りていき、最後はビジネススーツを着た男性と私のふたりきりになった。

ギリシャ神殿のような様式の破風がオレンジ色の蛍光灯に照らし出されている。あの大きな建物がトリエステ中央駅か。なんとかたどりついたことに胸をなでおろした。しかしそれも束の間、駅前で降ろしてくれるのかと思いきや、駅前を横切って、奥の車庫らしきところに入った。
鉄骨が剥き出しになった、裸電球がひとつふたつあるばかりの、真っ暗な車庫。気怠《けだ》るそうな動作の運転手が荷物を降ろしている間、あまりにもおそろしくて足が震えた。やっとの思いで荷物を受け取ると、スーツケースを引きずりながら駅の灯りを目指して一目散に走り出した。

母に勧められて観た映画『ひまわり』。雨の夜、ジョバンナを訪ねてきたアントニオが、ミラノのバスの待合所でその日の宿を思案していると、夜の女がやってきて、泊まるところがないならうちに泊めてあげるわよと声をかけられている。おそらく車庫も兼ねているミラノのバスの待合所の暗さが、あのときのトリエステの車庫の暗さを思い出させた。

＊

第二次世界大戦中、ジョバンナとアントニオはある浜辺で出会い、恋に落ちる。

アントニオは翌日アフリカ戦線への出征が決まっていたが、離れがたいふたりは、ジョバンナの提案で結婚する。結婚すれば十二日間の休暇がもらえるからだ。翌日の挙式から甘い休暇は瞬く間に過ぎて、十日目を迎えていた。そこでふたりは、アントニオが精神の病で混乱していると一芝居打つ。途中までうまくいっていたものの、見破られてしまい、アントニオは懲罰でもっとも厳しいロシア戦線へ送られてしまう。

終戦後、何年待ってもアントニオは戻ってこない。ジョバンナは出兵者や戦没者を管理する役所に何度も足を運ぶが、その消息は杳《よう》として知れず、やっと極寒の地を敗走中にアントニオと一緒だったという帰還兵に出会う。ジョバンナはその男の記憶を頼りに、スターリン没後のソ連に渡り、アントニオを探しはじめる。戦時中、イタリア軍の戦闘地だった南部（現在のウクライナ）の、今はひまわり畑になっている土地にジョバンナは案内される。そこで命を落とした多くの人々の慰霊碑に接し愕然としながらも、このなかにアントニオはいないと言い切る。言葉の通じない土地でアントニオの写真を一人ひとりに見せながら、消息をたずね歩く。

ジョバンナは、ある小さな町で婦人たちに案内されて、写真の男によく似た男が住んでいるという家の前に立つ。洗濯物を取り込む若い女にアントニオの写真を見せると、女も何かを察したかのように、ジョバンナを家に招き入れた。そこでアントニオがその女と暮らし、子供までいることを悟ったジョバンナ。夫が帰ってくる時間だと女に駅まで案内されると、列車からアントニオが降りてきた。

この映画、タイトルこそは『ひまわり』で、イタリア語の原題でもひまわりを意味する「I Girasoli」ではあるけれど、冒頭とそこにつながる最終の場面と慰霊碑の場面にしか、ひまわりは出てこない。ジョバンナとアントニオの思い出の花というわけでもない。戦禍によって引き裂かれた夫婦を描き、多くの人々が命を落とした場所で花を咲かせるひまわりを象徴的に映し出し、タイトルとすることで、戦争の無惨さや無意味さを、あるいは戦争が終わってもいまだ立ち直れない人々の生活を伝えようとしたことは、もちろん想像できる。

けれども、そこにひまわりの植物としての生態や文化的な多様なイメージを重ねてみることで、タイトルに込められた、その奥にある何かにふれることができるのかもしれない。そんな予感と期待に突き動かされて、あれこれと調べ、考えてみることにした。

日本のひまわりは夏の花で、熱いところで咲く花というイメージがあるせいか、夏とはいっても平均気温が二十五度前後、日差しもそれほど強くはなさそうなウクライナ（ソ連時代の映画の撮影地）で、ひまわりが一面に咲いているのを不思議に思った。

ひまわりは日本では観賞用の花だが、世界的にはタネを食用とし、タネから油がとれるために、背を高くして大きな花をつけ、多くのタネが収穫できるように品種改良が重ねられた。特にロシアとウクライナは、ひまわりのタネの生産量で世界一、二位を占めていること（二〇二二年）を初めて知った。また、春に発芽して、夏に花を咲かせ、秋にタネをつけて終わる典型的な一年草でもある。

スペインのアンダルシアにも広大なひまわり畑があるけれど、なるほど、夏に咲くとはいっても、日本や東南アジアのような高温多湿の夏ではなく、地中海性気候のスペイン、ステップ気候のウクライナといった、乾燥した地域の夏に咲く花なのだ。

ひまわりを生けるとき、深い水に茎を浸すのではなく、茎の先端から五センチほどの浅い水で生ける。乾燥した土地で水分を効率よく吸いあげるためなのだろう、茎の皮が薄く、なかが空洞になっているので、水分に浸すと茎がすぐに傷んでしまう。だから浅い水に浸して、傷んだ部分をカットすることで長持ちさせるという知恵なのだろう。

小学生のとき、理科の課題で春にひまわりのタネを植えたこともあったけれど、ほとんど何も知らなかったことに、いまさらながら気がついた。日本では一六〇〇年代の中頃にはすでにあったといわれているが、古典的な文学作品に登場するイメージもあまりないため、夏の花として身近でありながら、心理的にも知識としても遠い存在だったことを申し訳なく思った。

ギリシャ神話あたりに、何かひまわりに関する話しがないかと思い調べてみたところ、「ひまわりになった妖精クリュティエ」という絵画をいくつか見つけた。クリュティエとは、ギリシャ・ローマ神話の登場人物たちの変身譚《へんしんたん》を集めた『変身物語』に登場する水の妖精だ。太陽神ヘリオスに恋するクリュティエは、彼が人間の女を愛し結ばれたことを知り、策略をめぐらせて女を亡き者にする。怒ったヘリオスは、二度とクリュティエには近づかなかった。嘆きかなしむクリュティエは、東から西の空へと天翔るヘリオスを何日も見つめつづけていたら、ヘリオトロープという花に姿を変えたという。

ヘリオトロープはすみれに似た紫色の花で、現代の私たちが知っているひまわりではない。調べてみると、「ヘリオトロープ」とはギリシャ語の「helios（太陽）」と「trope（向く）」が合わさった語であること、ひまわりは北米原産で五〇〇年ほど前にヨーロッパに入ったことが分かった。とすると、『変身物語』がまとめられた時代にひまわりはなかったわけだが、絵画が描かれた十七世紀から十九世紀には、太陽（正しくは東）を向いて咲くひまわりが「ヘリオトロープ」として認識され、すみれに似た紫色の花にとって代わったのかもしれない。

ひまわりとともに描かれたクリュティエの表情に、映画『ひまわり』のジョバンナを重ねてみる。アントニオが戦地で別の女と結婚し子までなしても、アントニオだけを見つめつづけたジョバンナ。見つめるだけではなく、愛する人との関係を守るためにみずから行動する。十二日間の休暇がもらえるといって結婚したことも、精神の病を装い出征を逃れようとしたことも、ジョバンナの発案だった。アントニオ出征後も、洋服の仕立てで生計を立て、ときには姑を気遣い、アントニオは絶対に生きている、ソ連中を歩いてでも必ず探して連れて帰ると励ます。

そんなジョバンナを演じるのは、日本でも人気が高かった世界的な映画スター、ソフィア・ローレン。ギリシャ彫刻のような端正な顔立ち、意志の堅牢さと気丈さをうかがわせる一直線の肩としなやかに釣りあがった眉、それでいて底知れないかなしみをたたえた深い目。アントニオが生きてほかの女と家族を持ったことを知って自暴自棄になり、その場限りの恋に身をゆだねながらも、どこかアントニオの面影を宿す男と付き合っている姿も、かなしいまでに美しい。どれをとっても、ジョバンナを演じきれるのはこの人しかいないと思わせる存在感がある。

一方、アントニオはどちらかというと受け身な男で、終始、女のリードでことが運ぶ。ジョバンナとの暮らしがそうであったように、ロシア戦線で行き倒れたときに、雪のなかから引きずり出し命を救ってくれたのは、その村で暮らす若い女だった。一時は自分の名前を思い出せないほど記憶を失っていて、女の世話を受けているうちに、男女の関係になり一女をもうける。ジョバンナが訪ねてきたあと、結婚生活に身が入らなくなったアントニオを見かねて、病気の母親の見舞いを口実にイタリアへの一時帰国を許したのもその女だった。

ミラノまでやってきたアントニオは、ジョバンナに会いたいと電話をしたものの、断られてしまう。雨と雷が轟くミラノ駅のバスの待合で途方に暮れていると、夜の女が声をかけてくる。このあたりにホテルはないかとたずねると、泊まるところがないならうちで泊めてあげるわと言われて、不本意ながらも仕方がないといった表情でそれを受け入れる。え？ついてっちゃうの？私はおもわず声をあげてしまった。

女の提案や申し出を断りきれない受け身な男の人生を繊細な表情で演じたのは、往年の名監督たちに起用されたイタリアを代表する名優マルチェロ・マストロヤンニ。剛のソフィアと柔のマストロヤンニの組み合わせが絶妙だった。

ふたりはなんとか再会するけれど、元の鞘《さや》におさまれるはずもなく、それぞれが生活する場所に戻っていく。アントニオが出征したミラノ駅で、ジョバンナはふたたび彼を見送った。妖精クリュティエがそうであったように、その後の人生も、ジョバンナは心のなかにあるアントニオの面影だけを見つめつづけていくのだろう。そしてふたりの結婚生活がたったの十二日間だったことも、ひまわりの一夏の短命さを思わせた。

ひまわりの黄色という色も、映画のなかで印象的に使われている。ふたりが結婚式を挙げた翌朝、アントニオが祖父をまねて、二十四個の卵でオムレツをつくって食べる。ナポリ出身のジョバンナはオリーブオイルで焼くというのに対して、ミラノ出身のアントニオはバターで焼くと言い張るところが、イタリアの多様な食文化が垣間見えておもしろいのだが、卵の色は黄色で、ひまわりのように大きくて丸いオムレツができあがる。

ジョバンナがソ連に渡りアントニオを探し回るときの衣装が、茶色のニットスーツ（ツイードだったかも）に黄色のアイレットレースのシャツだった。背丈ほどもあるひまわりの畑からジョバンナが出てきた瞬間、大地の茶色とひまわりの黄色が衣装の色と重なり、その妙にため息がもれた。

現代の日本では、黄色は太陽の色（赤の場合もあるけれど）で、明るく活発な色、人を元気にする色、中心を表す色として認識、活用されているが、ヨーロッパ文化、特にキリスト教の文化圏では一時期、忌み嫌われる色だったという。「ユダの接吻」などの宗教画で、キリストを銀三十枚で売り渡したユダの衣装を黄褐色で表現していることから、「裏切り」を意味したと考えられている。

自分が望んだことではない、状況がそうさせたとジョバンナに言い訳をする、受け身なアントニオならではの無意識なずるさが、ジョバンナ、ソ連で待つ女、バスの待合で出会った夜の女を傷つける。そんなアントニオのあれこれを裏切りといえるかどうかは微妙ではあるが、アントニオがつくった黄色のオムレツにそんなニュアンスを読み取ることはできまいか。

またアメリカには、遠く離ればなれになった男を思って黄色いリボンを身につける女が登場する「She Wore a Yellow Ribbon」というフォークソングがある。ジョン・ウェイン主演の映画の主題歌として世界的に有名になった曲で、一度は聞いたことがあるだろう。黄色は南北戦争時代の騎馬兵を示す色だったと考えられている。このフォークソングはイギリス民謡にルーツがあるらしく、アメリカのフォークソングでは「yellow ribbon」という歌詞の部分が、イギリス民謡では

「green willow」となっていて、「yellow」の音にも通じる「willow（柳）」の花言葉は「見捨てられた恋人」だという。ジョバンナの黄色のシャツは、「Yellow Ribbon」にまつわるこのような境遇を暗示しているようでもある。

「Yellow Ribbon」といえば、「Tie a Yellow Ribbon Round the Ole Oak Tree」という、日本のドラマやＣＭでもよく耳にするポピュラーソングもある。刑期を終えた男が待っている女に、自分を受け入れてくれるならオークの木に黄色のリボンをかけておいてほしいというストーリー。記憶に新しいところでは、イラク戦争や湾岸戦争の折、派兵された人の家族が、黄色のリボンを窓やドアに掲げて無事の帰還を祈ったという。何らかの事情で離ればなれになった家族、待たせる男と待つ女をつなぐ黄色は、奇《く》しくも、時代や文化を超えてさまざまな作品のなかで生きているように思われた。

最後にもう一度、ひまわりの花に戻ってみたい。ひまわりが栽培される目的のひとつに、成長した葉や茎を肥料として土に混ぜ込みながら耕し、次の作物の土壌づくりをすることにある。

ジョバンナが訪れたひまわり畑の下には戦争で命を落とした人たちが眠っていることは先にもふれたが、戦後の人々の生活は、戦禍で命を失った人々、あるいはジョバンナとアントニオのような形で犠牲になった人々の上に成り立っている。

ジョバンナが見たひまわりもまた、タネが収穫された後は葉や茎が肥料として土に還され、その上に新たな作物が植えられる。そうして生き残った人々の生活が明日へとつながれ、その命や生活もまた次の世代の土壌となることを、この映画は、『ひまわり』というタイトルをとおして教えてくれているのではないだろうか。

＊

トリエステのホテルの部屋に到着したとき、部屋の時計は二十時を回っていた。

真っ暗なバスの車庫から一目散に走って灯りのあるトリエステ中央駅前の大通

りに出ると、予約したホテルの名前が見えてきた。ホテルのフロントでチェックインをすませると、パスポートをあずかるだのなんだのと一悶着《ひともんちゃく》あった。宿泊代はすでに日本の旅行会社を通じて払っているのだから、その必要はないのでは？　どうしてもあずかるというのなら、コピーをとって原本は返してほしいといったやりとりがつづいた。

中世の城の門番が手にしているような、あるいは絵本で読んだ西洋のおとぎばなしに出てくるような形の鍵を受け取って部屋にたどりつくと、どっと疲れが押し寄せてきた。とりあえず、少し荷物をほどいて、受付でもらったぬるいお湯を、日本から持ってきたお茶とインスタントラーメンに注ぐ。ラーメンができあがるまで、ベッドで横になった。

日本時間のままの腕時計をみると、自宅を出発してからすでに二十三時間が経過していた。二十三時間で、クロアチアとスロベニアに囲まれたこのトリエステにこられたのは、近いのか遠いのかも分からなかった。不意に襲われた眠気にあらがうことができず、意識が次第に遠のいていった。

秋

鬼がこの世にただひとり、生きた証を刻みつける花

「紫苑物語」（石川 淳）の紫苑を生ける

前の週の暑さがうそみたいに冷え込んだ九月終わりの雨の日、花の稽古で花材の仕分けをしていると、直径三センチほどの小菊のような薄紫色の花を手にした。それまであまり見たことのない花だったけれど、姿かたちから紫苑《しおん》だと直観した。

作家須賀敦子の『トリエステの坂道』という著書のなかに、石川淳の「紫苑物語」をイタリア語に翻訳しているとき、「紫苑」という花の名前をどう訳したものか考えあぐねていると、姑がまさに紫苑を腕いっぱいに抱えて家に入ってくる、それをきっかけに姑の人生に思いを馳せる「セレネッラの咲くころ」という作品がある。それを読んで以来、ずっと紫苑がどんな花なのか知りたかったのだが、

なぜかインターネットで調べようとか、植物図鑑で調べようとかいう気にはならなくて、そのままになっていた。

　思いがけず薄紫色の花を手にして、「紫苑。……略……高く伸びて、野菊に似たむらさきの小花をまばらな星座のように濃い緑の葉のあいだに咲かせる、あの濡《ぬ》れたような色や、すらりと伸びる姿が好かれるのだろうか。野の花にしては華やかだが、栽培される花にしては野趣が濃い」という須賀の一文を思い出していた。

　家に戻ってさっそく本棚で『トリエステの坂道』を探してみたのだが、なぜかすぐに見つからず、ご本家の『紫苑物語』の背表紙が目に入った。そういえばこれも買ったきり、読んでいなかったな。本棚の前に座り込んでパラパラとページをめくりはじめた。

＊

　和歌の家に生まれた宗頼《むねより》は、あふれ出すエネルギーが和歌の定型にはおさまりきらず、蹴鞠、太刀、弓矢、騎射へとその吐口を求めた。そんな宗頼を嫌悪する父親の計略で、遠い国の上級官吏として赴任させられるが、そこには果てることのない野山がひろがり、鳥けものがあり、宗頼は狩りにのめり込んだ。

ある日、領内の実務を執る男から、岩山を超えたところにある里の存在について知らされる。おさえがたい興味に取り憑かれた宗頼は、後日、狩りの団をひとり離れ、その岩山の道ならぬ道をのぼりはじめた。

陽も落ちかかった頃、頂上に到着すると、眼下にはこれまでに見たこともない穏やかで豊かな里の風景がひろがっていた。感嘆する宗頼を見咎《とが》める男があらわれ、里には決しておりてはならないと釘を刺す。

宗頼は一晩の宿を乞《こ》い、男の小屋に案内される。その周辺には、この世のことはすべて忘れなくてはならないとする「わすれ草」が群生していた。男は平太といい、代々山の岩肌にほとけを彫りつけることで、穏やかで争いのない里を守ってきた。宗頼は平太に興味をおぼえるが、翌朝、別れの挨拶で平太の殺気におののき、いつか平太を討とう、岩肌に彫られたほとけも射落そうと誓う。

館へ戻る道中、千草という女に出会う。千草を館に連れて帰った宗頼は、狩りへの興味がすっかり失せたのか、一日中、千草と部屋で過ごすようになる。それと同時に、館内、領内で宗頼を咎め立てするもの、悪口を言うものたちが、宗頼の矢によって次々と射抜かれていく。宗頼は、その血が流れた後に、ものをおぼえさせる花、いつまでも忘れさせない花「紫苑」を植えるように命じ、おびただしい数の花が植えられていく。そんな宗頼を千草は魔神と呼ぶ。

千草、実は宗頼が狩りで初めて仕留めた小狐で、復讐しようと人間に姿を変えていた。狐の妖術で宗頼を放蕩《ほうとう》させようとしたが、宗頼の生気が強く、かえって籠絡《ろうらく》されてしまう。

宗頼はみずから編み出した「魔の矢」で弓矢の師匠である伯父を倒すと、いよいよ岩山のほとけを射落とそうと、平太に挑んでいく。

講談社文芸文庫にして八十ページ弱の短編なのだが、父子の相克、師匠との対決、ほとけと魔、究道と無道、もうひとりの自分との出会いなど、これでもかというテーマが盛り込まれているが、生のエネルギーに翻弄され、どの道にもおさまりきらない青年の、究道の記ということもできるのかもしれない。

本書のタイトルにもなっている紫苑という花を、『古典文学植物誌』という本で調べてみると、キク科の多年草で直径三センチほどの薄紫色の花を八月から九月に咲かせ、日本では九州と中国地方の山地の湿草原に自生する。平太の小屋の周りに咲いていたわすれ草に対抗するように宗頼によって植えられる。

一方、平太のわすれ草は、同書によれば、ユリ科の多年草ヤブカンゾウの異名で、原野に自生し、夏、百合に似たオレンジ色の八重咲きの花を咲かせる。

紫苑とわすれ草の対は『今昔物語集』にも見られ、こんな話がある。

ある兄弟の父親が亡くなり、残されたふたりは長い間、悲嘆に暮れた。兄は思いやことがらを忘れさせる萱草《かんぞう》（わすれ草）を墓のまわりに植えて、二度と墓を訪れなかった。一方弟は、思いやことがらを心にとどめておく紫苑を植えて、墓参りを欠かさなかった。弟の様子に感心した墓を守る鬼は、「父親を忘れないでいるお前の行いに心打たれたので、今後、お前の人生で起こることの吉凶を夢で知らせよう」と言った。それからというもの、弟はその日に起きる物事の吉凶を夢で知ることができるようになった。

「萱草」が「忘れる草」という発想は、『万葉集』にもいくつか見られ、そのうちこちらの歌が『今昔物語集』の発想元ではないかと考えられている。

万葉仮名
萱草　垣毛繁森　雖殖有　鬼之志許草　猶恋尓家利
読み下し
忘《わす》れ草《ぐさ》　垣《かき》もしみみに　植ゑたれど　醜《しこ》の醜草《しこぐさ》　なほ恋《こ》ひにけり
現代語訳
忘れようと思って萱草（わすれ草）を垣までびっしり植えたけれど、いまいましい草よ、やっぱり忘れられない、恋しいわ

『万葉集』巻十二　三〇六二

この歌の主眼は「忘れる」であり、「忘れられない」はその結果だ。「萱草」と「鬼之志許草《しこのしこぐさ》」は別の花ではなく、忘れるという効果を発揮しなかった「萱草」に対する恨みの言葉として、つまり別称として「鬼之志許草《しこのしこぐさ》」はある。

ところが『今昔物語集』の方では、「忘れる」と「忘れない」は別の行為であり、それぞれに別の花が与えられている。「忘れる」花には『万葉集』と同じ「萱草」が、「忘れない」花には「紫苑」が与えられた。それにしても「忘れない」花が

なぜ紫苑だったのか。

現代では紫苑を「しおん」と訓《よ》むが、『今昔物語集』では、「しをに」と訓まれている。「しをに」の「をに」に注目してみると、『万葉集』の歌では「萓草」の別称が、万葉仮名では「鬼乃志許草」と表記されていることから、「鬼」の「おに」と「をに」のつながりで、紫苑が引き出されてきたのではないかと想像してみた。

でも先の引用のように万葉仮名と読み下しを並べてみると、「鬼」は「おに」ではなくて、「しこ」と訓まれている。

歌人馬場あき子の『鬼の研究』によると、「鬼」という字は長い間、時と場合によって「もの」「かみ」「しこ」「おに」などと訓まれ、「鬼」が「おに」の訓み方で定着したのはかなり時代がくだってからで、『今昔物語集』のなかでも、「おに」と「もの」との訓み方で揺れているという。

ただ、『今昔物語集』と前後して成立した歌論書の大半には、「おにのしこぐさとは紫苑のことである」とあり、「鬼」は「おに」の訓み方で定着しつつあったと考えられる。同時に『万葉集』では「萓草」の別称だった「鬼之志許草」が紫苑と同一視され、花としての実体を与えられていたことが分かる。そのなかのある歌論書には、「紫苑　おにのしこ草　しをにという心也」とあり、やはり「おに」という訓みに、「をに」を訓みに持つ紫苑が導き出されたと考えている。

『今昔物語集』の弟は、「鬼」をバッググランドに持つ紫苑を植えたことで、本物の鬼を招き出し、未来を予知する人智を超えた力を得た。それを引き継いだのが「紫苑物語」の宗頼ではなかったか。

「鬼」と一口にいってもさまざまなイメージがある。先の『鬼の研究』では、日本の古典文学にあらわれる鬼の例は六つのパターンに分類され、そのほか民間伝承の鬼、仏教の影響を受けた鬼、中国思想の鬼などがあるとしている。

六つのパターンの詳細はぜひ『鬼の研究』を参照いただきたいのだが、特にそのなかでも「神と対をなす力を持つもの」というイメージが宗頼の物語に呼び込まれ、それを「紫苑物語」では、「魔」とか「魔神」というのではないか。

「紫苑物語」でいう「神」とは平太のことで、過去に平太と因縁がある千草は彼を、「ほとけの威徳と岩山の霊気」の両方を持つ男で、「みだりに犯すことはできない人物だと言う。人智を超えた力を持つ平太に挑むには、宗頼にも相応の力が必要となる。

『万葉集』の歌では「鬼」を「しこ」と訓んでいたわけだが、「しこ」とは読み下し文にもあるように「醜」とのことだ。日本神話に登場するイワナガヒメは、美しい妹とともに結婚相手のもとへ出向いたが、姿が「甚《い》凶《と》醜《みにく》」（ひどく醜かった）ため、結婚相手は彼女だけを親元に送り返してしまう。その名のとおりイワナガヒメには巌《いわお》のような永遠の命を司る力があったのに、それを送り返したために結婚相手は限りある命となってしまう。

また因幡《いなば》の白兎で有名なオオクニヌシは眉目秀麗《びもくしゅうれい》な男で、行く先々で出会う女を魅了し、多くの子孫を残していく。女たちはそれぞれの土地の神に仕える巫女的な存在で、彼女たちを魅了することは、神を鎮め、土地そのものを平定することにつながった。そんなオオクニヌシは途中、出世魚のように呼び名が変わっていき、「葦原《あしはらの》色《し》許《こ》男《を》」と呼ばれる。小学館の新編古典文学全集『古事記』の注釈には「勇猛な男の意」「シコは『醜』の字で表すことが多い…略…その神が持つ強烈な力を認めた表現」とある。オオクニヌシの人々を魅了し土地を平定する人智を超えた尋常ならざる力が、姿かたちをとおしてあらわれた状態、それを「色許」というのである。

それに従うならば、イワナガヒメの「甚凶醜《いとみにく》」も、現代の私たちが考える美醜の「醜」ではなく、永遠の命を司る人智を超えた尋常ならざる力が姿をとおして顕現したものだと考えられる。だからこそ、結婚相手はヒメに畏れを抱き、親元へ返したのではなかったか。

いずれにしても紫苑という花は、「をに」「鬼《おに》」「醜《しこ》」という和歌や古代の物語への連想の回路を通じてそのイメージを呼び込み、宗頼に人智を超えた尋常ならざる力を最大化させた「魔」を与え、「ほとけの威徳と岩山の霊気」を持つ男に挑む資格を与えた。

そのような力を我がものとし、千草をして「魔神」と呼ばれたとき、宗頼は初めてみずからの本当のありようを見出し、身体をふるわせた。

「なに、魔神。よくいってくれた。魔神。それこそわしがさがしていたことばじゃ。わが身をもってこのことばを充《み》たさなくてはならぬ。魔神となって、わしはこの世にただひとりじゃ。…略…」

『紫苑物語』所収、以下同

和歌の家に生まれた宗頼にとって言葉とは歌そのものであり、幼い頃から、抑えようにも抑えられない、身の内から湧きあがってくるものであった。しかし実態や実感をともなわず、型にもおさまらず、虚空に消えていくものでもあった。それは蹴鞠、太刀、弓矢、騎射など、和歌以外の芸事も同じだった。

ところが「魔神」という言葉と出会って、自身ではどうにもならないエネルギーをおさめるのに相応しい器を見つけたのと同時に、自分はこの世にただひとり、絶対的な孤独の淵にいることを思い知る。そして、この世にただひとりならば、弓の道でも自分以外のものがいてはならないと、師である伯父を超えようとする。

師から伝授された二本の矢を同時に射掛ける技に三本目の矢を加えて、一度に三本の矢を射掛ける技で師に挑む。三本目の矢が師の背中を貫くと、その背を何度も蹴って、髪が土で黒くなるまで、踏みつけにした。

「弓麻呂。おぼえたか。なにものもわしのさきに越すことはゆるさぬ。知の矢、殺の矢のごときは、けものの智慧じゃ。第三の矢は、これこそわしが編み出した秘法、魔の矢とは知れ。魔はわしの力に依ってこの世にすがたを現ずるもの、わしがみずから手をもってつくり出すものじゃ。知と殺と魔と、三本の矢が一体一すじとなって、この世はわしがおもうままの世と変相する。こやつ、地獄に落ちてもわすれるな。」

踏みつける足の下に、背の骨が折れる音がして、弓麻呂のがっと吐いた血が土を染めた。

「ここは一むら紫苑を植えるべきところじゃ。」

師の打倒によって魔の矢を完成させた宗頼は、いよいよ平太を討とうと決意する。どの世界にも、どの道にも自分のいるべき場所がなかった宗頼。一度は岩山の向こうの里に惹かれながらも、そこにはすでに平太という「もうひとりの自分」と認める男がいた。この男に挑み超えていかなければ、自分の存在はどこにもない。そんな切実な思いを千草に吐露する。

「…略…そもそも、平太どのは守《もり》にとってなにものにておわすのか。」

「平太はわしじゃ。」

「え。」

「わしでもあり、わしではない。ここにわしがいる。そして、岩山のいただきに赤の他人の見しらぬ男がいて、そやつがまた遠いわしのごとくでもある。ともかく、わしは一刻もはやく岩山のいただきに行きつかなくてはならぬ。そうでなくては、わしというものがこの世にありうる力はうまれまい。すでに、わしの矢はかなたに翔《か》けろうとしておる。こういううちにも、ときが移る。いざ、行こう。そなたもともについて来い。」

宗頼は平太の小屋を訪れ、ほとけを彫りつけた岩山の場所を問いただす。最初は相手にしなかった平太であったが、覚悟を決めたのだろう、はやる宗頼を射すくめるような眼光を宿して、その場所を伝える。

宗頼は月の光に照らされながら、底しれぬ深い谷が足元にひろがる岩角に立ち、矢を放った。一本目の「知」の矢と二本目の「殺」の矢は岩に砕かれた。三本目の「魔」の矢が、とうとう岩山のほとけの頭を射削り、ほとけを射落とした。

「たしかに射たぞ。平太よ、おぼえたか。千草よ、わすれるな。」

その瞬間、足元の岩が崩れ、宗頼は谷底に落ちた。同時に平太も息絶えたが、その顔は宗頼そのものだったという。弓に変化していた千草は、宗頼の手を離れた瞬間、一筋の光となって、宗頼の館の方へと飛び去っていった。館には一筋の光が落ちて燃えあがり、灰と化した。その焼け野原には小狐の黒い骸《むくろ》があるだけで、おびただしい数の紫苑が風に揺れていた。

平太に挑む前、宗頼と千草は紫苑をめぐり次のように話している。

「そのひとの世のならわしを、わしはわが手でやぶらなくてはならぬ。わしこそ、そなたをしたがえて、見しらぬ野のはてにもはしりたい。この館はわしが出で立つ足跡をしるしとどめるところじゃ。」

「紫苑の茂みに誓《ちかい》かたきおん振舞のかずかずをおしるしなされてか。草は秋ごとに花をつけて、ひとの目にあたらしく、いつの世にもわすられず、これを文に書きのこすよりも、たしかなしるしでございましょう。」

平太の忘れ草は俗世界での辛苦を忘れて、「里」という理想郷で生きるための花。宗頼の紫苑は、俗世界にも理想郷にも、歌の道にも弓矢の道にもおさまりきらなかった、この世でただひとり宗頼が生きた証を刻みつける花だった。

月の明るい夜、宗頼が落ちた崖から不思議な声がするようになり、その声が岩山を超えて紫苑の野にまで響きわたると、歌となった。世の人は鬼の歌が聞こえるといった。

紫苑の野に響きわたるのが「魔神」の歌ではなく、「鬼」の歌であることが胸を打つ。平太に挑むために、宗頼は鬼の尋常ならざる力を最大化した「魔」と化したが、それを果たした今、ひとりの鬼に戻ったということではないか。

もとより鬼は、人智を超えた尋常ならざる力とそれを体現する姿によって、人里はなれたところで生きるよりほかない。風に揺られる紫苑の野で、そんな鬼の姿と宗頼の姿が重なった。

＊

馬場あき子の『鬼の研究』の巻末に民俗学者谷川健一の解説があり、鬼を詠んだ馬場の歌をいくつか紹介した直後に、次のような一文がある。

これらの歌は作者が鬼によせた心象風景である。馬場さんの鬼はときには自分のあこがれであり、ときには自分の心の中に棲み、孤《ひと》り踊る鬼《もの》の影である。人間性の流露を禁じられた者の怒りの爆発であり、それゆえに怒りには哀しみを伴わずにはいられない。

「解説 有情の極みとしての鬼」(『鬼の研究』所収、以下同)

つづいて谷川が自著『魔の系譜』のあとがきで記した一文を引用している。

「魔の中には自分があり、自分の中に魔があるという個人的な体験をあじあわなかったものはさいわいなるかな。魔に憑かれている自分を解放したいとおもったり、自分の中にしばられ、閉じ込められている魔が、その窮屈な囲《かこ》いをぬけ出したがって、叫び声をあげるのを聞いたことのなかったものは、本書に無縁である。」

これはまさに「紫苑物語」の宗頼の姿であり、これをイタリア語に訳そうとした須賀敦子の姿そのものではなかったか。キリスト教（カトリック）を信仰していた須賀は、聖女たちのように「神様に導かれるように」、自分がこうと思った生き方を貫きたいと日本を飛び出し、フランス、イタリアに赴いた。しかし、かの地に渡った当時は、「神様に導かれるように」「よりよく生きる」ために、そこで具体的に何をすればいいのか分からず迷っている時間が長かった。

戦後しばらく女性には結婚という道しかなく、就職もたやすかったわけでもない時代、須賀はそのいずれをも選ばず、どこにも所属することなく、抽象的な思索だけでなく、より具体的に実際的に生きる道をひとり模索しつづけた。それは孤独で決して平坦な道のりではなかったはずだが、須賀はそうせずにはいられなかった。

その一方で、詩人のように文学者として生きたいという衝動が、みずからの内にずっとあり続けたことを語っている。それはまさに馬場の心に棲んだ「鬼」であり、谷川のいう「魔」であり、それをじっと見つめていた長い年月があった。

そして、須賀のなかの時が熟した晩年、作品を世に送り出したことで、「鬼」を、「魔」を解き放っていったのではないか。

「紫苑物語」を読みながらあれこれ考えにふけり、ふと本棚の方に目を向けると、見あたらなかった『トリエステの坂道』が、積み重なった本と本の間に落ちていることに気がついた。『トリエステの坂道』をあらためて開いてみると、各作品の登場人物は須賀が書いている時点ではもうこの世にはいない人たちばかり。その記憶をとどめるかのように書かれた本書こそ、まさに須賀にとっての「紫苑」だったのかもしれない。

女の生き難さを物語る花

『源氏物語』の朝顔を生ける

誰かと連れ立って歩くことが仕事みたいな女子大で、ひとりでいるというのはとても勇気のいることだった。友だちいないのかしら？彼氏いないのかしら？そんなレッテルを貼られたら、この世の終わりというくらい、絶望的なことだった。

当時はバブル経済の最終期で、三高（背が高い、高学歴、高収入）の彼氏と長期の休みや誕生日、クリスマスを過ごすことがステータスとなるような時代だった。休み明けの食堂ではその自慢話大会が繰りひろげられ、自慢話をする側か聞き役側かにかかわらず、そこに加わらなくてはならないような雰囲気があった。

そんなところで、ひとりを貫いていたのがあの先輩だった。授業で、学食で、図書館で、クラブハウスで、どこで見かけても先輩はひとりだった。そうかといって、偏屈なわけでも友達がいないわけでもない。人から話しかけられれば気さくに話しをしたし、学内の諸活動にも積極的に関わっていた。そんなバランス感覚を身につけた人を、大人というのだろうと思った。

あるとき、通学バスが朝の渋滞に巻き込まれて、遅刻してしまった。教室の脇の通路を、腰をかがめながら物音を立てないように、教員と目を合わせないように、空席のある前方に進んでいくと、いつものように先輩がひとり座っていた。同じ列のいくつか間隔を空けた席に滑り込んだ。

肩甲骨くらいまであるふんわりした長い髪、洗いたてのリネンのシャツ、知的なメガネの横顔からのぞく好奇心あふれる目、当時流行していたワンレンボディコンというギラギラしたファッションや、コンサバと呼ばれた男子学生受けするファッションにはありえるはずもない、静かで思索的な佇《たたず》まいがそこにはあった。

授業は途中から、近くに座る人とペアになってワークをすることになった。幸運にも先輩と組むことになり、初めて話せることに胸が高鳴った。ワークの前の自己紹介で、お互いの名前や学科、ゼミと卒論のテーマなどを伝え合う。それをジェスチャーも交えながら説明する先輩のペンを持つ指先に引き寄せられた。

先輩の指は細くて繊細ですね。爪も長くて、とても羨ましい。私の指は太くて短くて、爪も埋まっているようで、繊細のかけらもないんですよと、自分の丸々した短い指をひろげてみせた。ところが先輩ははっとして、ペンを持つ手を引っ込めてしまった。そしてこう言った。

「私、皮膚が弱くて、指の皮がむけたりしているの……」

私は思い余って口にした言葉を悔いた。たとえそれが褒め言葉であっても、相手の身体に関することは口にすべきではないことを、当時の私はわきまえていなかった。次の言葉が見つからないでいると、

「だから、手にはちょっとコンプレックスがあったんだけど……初めてそんなふうにいってもらえて、うれしいかも」

と肩をすくめて、手を愛おしむようにさすりながら微笑んだ。

年が明けた三月、先輩は卒業していった。ゼミが一緒だったわけでも、部活が一緒だったわけでもなく、そのとき以外の交流はなかったけれど、卒論を『源氏物語』で書こうとして、テーマの候補となった女君たちについてあれこれ考える

なかで、朝顔の姫宮と呼ばれる終生光源氏を拒み続けた女君に触れるたびに、先輩を思い出した。

＊

光源氏三十二歳の秋、式部卿《しきぶきょう》の姫宮が父宮の死によって賀茂の斎院を退き、父宮の旧邸に移ってきた。光源氏は従姉《いとこ》にもあたる姫宮を若い頃から長年、慕いつづけていたこともあり、再び恋心がうずきだした。姫宮と一緒に暮らす年老いた叔母の見舞いを口実に、足繁く旧邸に通いはじめる光源氏。姫宮も長年心の奥底では彼に惹かれながらも、求愛を受け入れまいとかたく心に誓い、季節の挨拶など折にふれた交流だけにとどめていたので、今さらながらの光源氏の訪問に困惑した。

とはいえ、宮廷の重鎮となった光源氏を粗略に扱うことはなく、侍女を介して相応の対応はする。直接話しができると期待していた光源氏はがっかりするものの、思慮深い姫宮の対応によけい恋心が掻き立てられていく。

そんな訪問の翌朝、光源氏は姫宮のことを思い出しながら、自邸の庭の朝霧を眺めていると、枯れた草花のなかに、あちらこちらに蔓の這《は》った朝顔が、あるかないかのはかない様子で咲いていた。そのなかから特に風情のあるものを手折らせて、手紙とともに姫宮へ贈った。

他人行儀な扱いを受けて、決まりの悪い思いがいたしました。そんな情けない私の後ろ姿をどのような思いでご覧になられたのかと、やり切れない気持ちでおりますが、

見しをりのつゆわすられぬ朝顔の花のさかりは過ぎやしぬらん

昔お会いしたおりの朝の顔を少しも忘れることができません、露にぬれたこの朝顔の盛りのように、あなたの盛りも過ぎてしまったのでしょうか

長い年月お慕いしてきた私の気持ちを、あわれと思うくらいは、お分かりになっていらっしゃるのではと、一方では期待しております。

朝顔の巻の人間関係

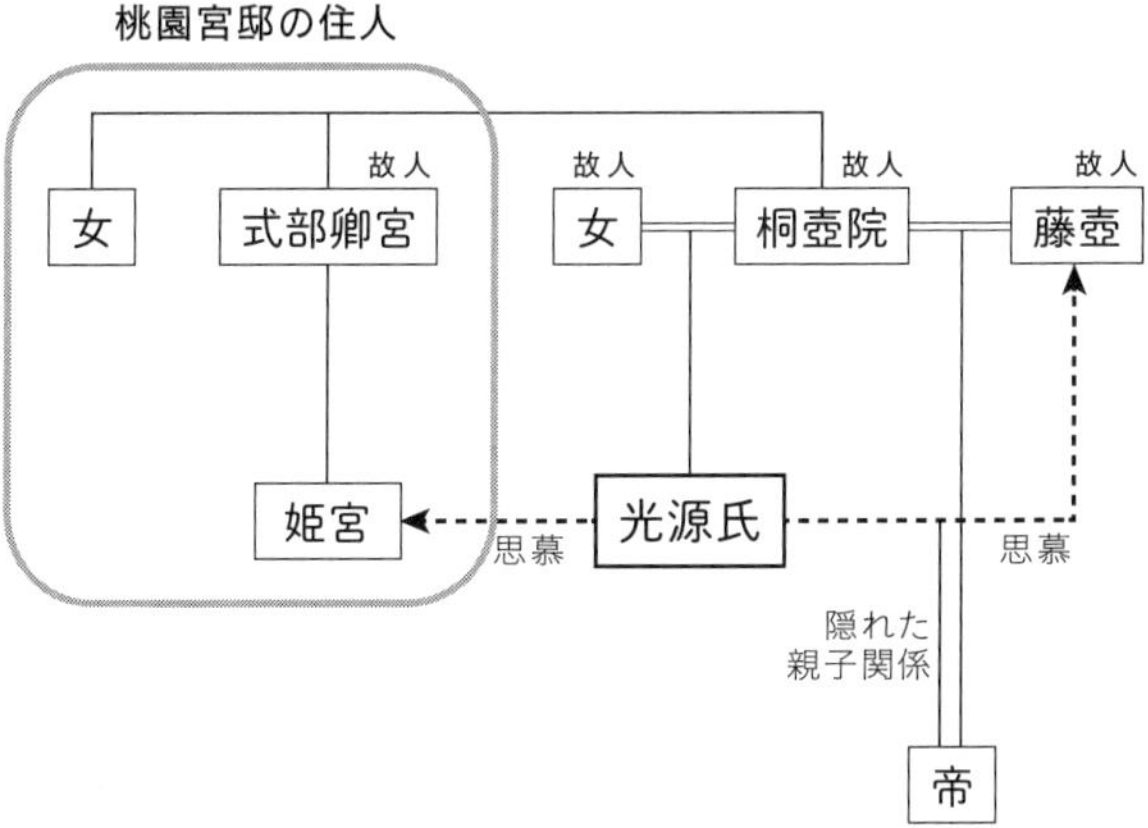
桃園宮邸の住人
女
故人
式部卿宮
姫宮
故人
女
故人
桐壺院
故人
藤壺
光源氏
思慕
思慕
隠れた
親子関係
帝

それに対して姫宮は、

秋はてて霧のまがきにむすぼほれあるかなきかにうつる朝顔

秋が暮れて、霧が立ち込める垣根にまつわりつく、あるかないかのはかない姿に移ろう朝顔、それが私でございます

この身にふさわしい朝顔にたとえてくださるにつけても、涙の露に濡れております。

と返事をした。美しくしなやかな墨付き、喪服の青鈍色《あおにびいろ》の紙がかえって好ましく、光源氏はそれを手放すことができず、しばらく見つめていた。

朝顔というと現代では夏の花だが、旧暦では文月から長月（新暦の八月から十月）、つまり夏の終わりから晩秋にかけて、朝早くに咲き昼前にはしおれる一年

草で、俳句でも秋の季語とされる。秋の七草を詠んだ「萩の花 尾花《おばな》 葛花《くずはな》 なでしこが花 をみなへし また藤袴《ふじばかま》 朝顔が花」(『万葉集』巻八 一五三八 山上憶良)の朝顔は、現代の桔梗や木槿《むくげ》ではないかと考えられている。

現代で朝顔と認識されている花は、平安初期に「牽牛子《けにごし》」という名前で唐から入ってきたもので、最初の勅撰集『古今和歌集』では「けにごし」と詠まれ、第二の勅撰集『後撰和歌集《ごせんわかしゅう》』では「あさがほ」と詠まれるようになったという。

そのなかで、和歌の言葉としてふたつのイメージが定着していった。ひとつは、朝開いた花が昼前にはしぼんでしまうことから、はかなさや無常を、もうひとつは「朝の顔」という名前から、夜をともにした男女が朝に見せる顔、つまり情交や共寝を暗示する。

光源氏と姫宮の朝顔の和歌もこのイメージのもとで解釈され、ふたりの交流が語られる巻を「朝顔の巻」といい、姫宮は「朝顔の姫君(姫宮)」「朝顔の斎院」と呼ばれる。

この姫宮、『源氏物語』の女君たちのなかでは、光源氏にとって唯一無二の存在である藤壺や、最愛の人紫の上ほどメジャーではないものの、その登場は早く、第二巻目の箒木の巻まで遡《さかのぼ》る。

十七歳の光源氏は同僚たちとの間で話題になった、地方官僚を務める中・下流貴族の女性に興味を持ち始め、方違《かたたがえ》で訪れた紀伊守《きいのかみ》邸の女たちの部屋の近くで聞き耳を立てる。すると女たちが自分のことを噂しはじめ、どきっとしたり、姫宮に贈った朝顔の歌まで知られていることに、あきれたりしている。この頃の光源氏は、左大臣家の姫君と結婚したものの夫婦仲はうまくいかず、父親の桐壺帝《きりつぼてい》(院)の後宮にいる藤壺への密かな想いを募らせていた。その叶わない想いを埋めるかのように、前東宮(故人)妃の六条御息所《ろくじょうのみやすんどころ》と関係を持つなど、さまざまな上流階級の女性との関係が世間で取り沙汰されていた。

姫宮もそのひとりで、噂となった光源氏の歌に、共寝を暗示する朝顔が詠まれていたことから、関係があったとする説となかったとする説があり、『源氏物語』研究者の間でも見解が割れている。

数年後、光源氏に愛執を募らせる六条御息所に対して、決して自分はそうなるまいと決意する女君として、姫宮は初めて登場する。

光源氏に愛人のひとりとしてしか扱われてこなかったことに傷ついている六条

若き日の光源氏をめぐる人間関係

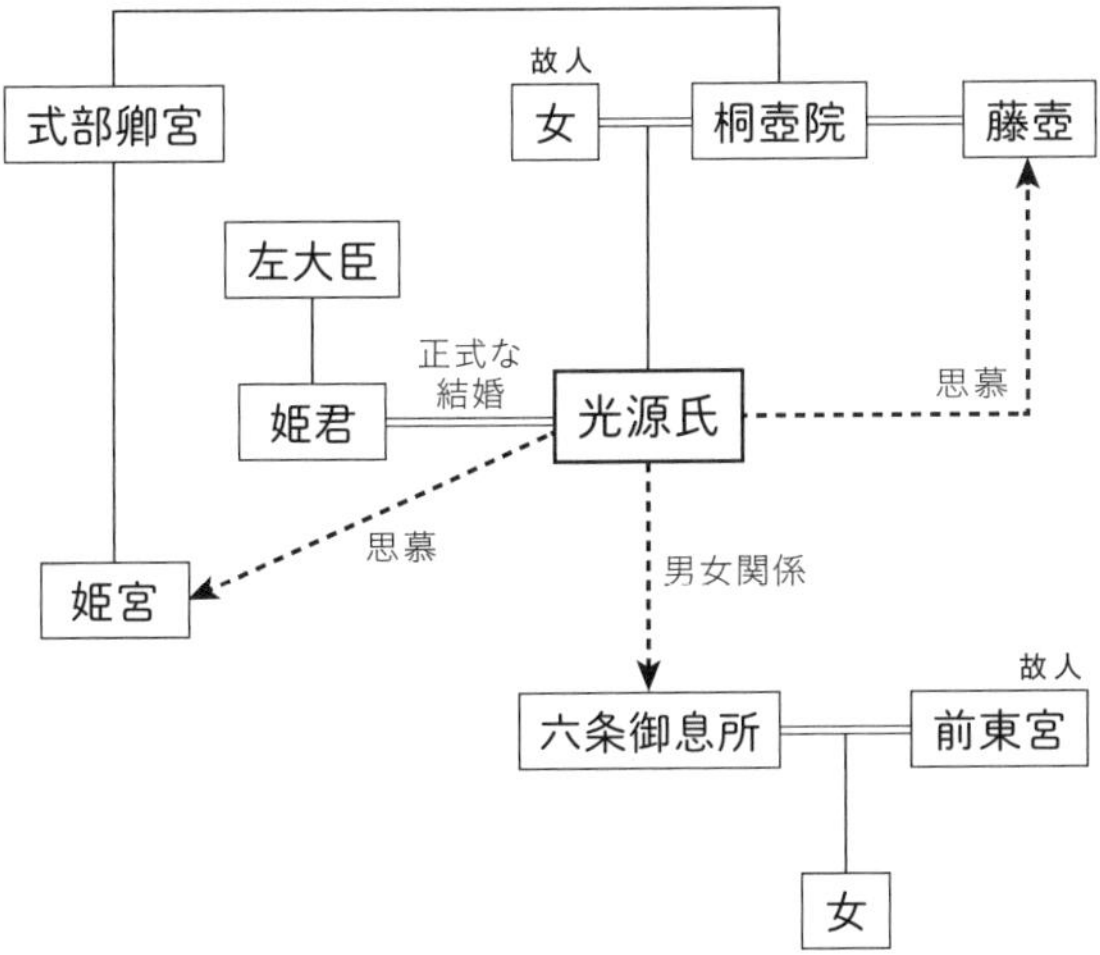

御息所は、娘が伊勢の斎宮に任命されたのを機に、一緒に伊勢へ赴こうかと思案している。その噂を耳にした姫宮は、御息所のようにはなるまいと決意する。

新帝の即位に伴《ともな》い、斎宮と同時に新たに任命された賀茂の斎院の御禊《ごけい》の行列を、光源氏が先導することになった。その晴れ姿を一目見ようと京中《みやこじゅう》から見物客が集まってくる。そのなかには、左大臣家の姫君一行の美々しく仕立てた車や、思い悩みながらも忍んでやってきた六条御息所の車があった。

左大臣家の姫君の従者たちが、忍び姿の御息所の車を見つける。普段からその存在を疎ましく思っていた従者たちは、御息所の車と従者たちに乱暴をはたらく。御息所にとって忍び姿を知られたことは、光源氏への未練を見透かされたのと同じこと。屈辱感からその場を去ろうとするが、見物客であふれかえり、抜け出る隙もない。光源氏の先導する行列が目の前にあらわれると、見過ごすこともできず、自分に視線を投げかけて敬意を払ってくれるのではないかと期待するが、そうではない現実に打ちひしがれる。

一方、京の大路の両側につくられた貴人用の桟敷席《さじきせき》には、父親の式部卿宮とともにその行列を眺める姫宮の姿があった。光源氏の眩《まばゆ》いばかりの姿を見て、父宮は鬼神《おにがみ》にも魅入られそうな姿だと存在を危《あや》ぶむ。その横で姫宮は、数年にわたる光源氏との交流を思い出していた。彼の自分への想いがひとかたならぬものであることは理解している。でも、女なんて生きものは、平凡な男にさえ想いを寄せられれば心が動いてしまうものなのに、ましてや相手は輝くばかりの光源氏。どうして心奪われずにいられよう。これ以上、深い関係になるなんてありえない。

姫宮は決して光源氏を疎ましく思っているわけではない。むしろほかの女たちのように、心の奥底から惹かれている。だからこそ、ほかの女たちのように苦しまないために、自分自身の想いを封じ込め、男女の関係にはなるまいと心を決めている。激しく拒絶するのではなく、風雅を介した交流の相手としてありつづけたことで、結果的には、手に入らない女に執心する癖を持つ光源氏の思慕をいっそう掻き立てることになった。

この見物の後、諸事情から姫宮自身が賀茂の斎院に任命され、神域で暮らすことになる。しばらくは光源氏との交流は途絶えるが、若き日の姫宮との交流が忘れられない光源氏によって、十数年後の父宮没後の対面と朝顔の歌のやりとりにつながっていく。

もう一度、ふたりの朝顔の歌のやりとりを見てみる。まずは光源氏の歌。

見しをりのつゆわすられぬ朝顔の花のさかりは過ぎやしぬらん

昔お会いしたおりの朝の顔を少しも忘れることができません、露にぬれたこの朝顔の盛りのように、あなたの盛りも過ぎてしまったのでしょうか

ここでいう「見しおり（昔お会いしたおり）」とは、若き日の光源氏が方違で訪れた家の女たちが噂をしていた、朝顔の歌のやりとりをしていた頃のことと考えられるが、実際に会ったかどうかというより、手紙とともに送った朝顔を詠み込むことで、それにちなんだ共寝を連想させようとしている。

「つゆ」は「まったく〜ない」という意味で、朝顔の縁語（連想で引き出される別の言葉）の「露」と掛けられていて、はかないものの象徴とされる。晩秋の露に濡れてしおれた朝顔のように、あなたの盛りも過ぎてしまったのでしょうかと詠みかけている。光源氏は自邸の庭の草花がみな枯れてしおれているなかから、

ほんの少し姿をとどめている、色の移ろいが格別な朝顔に目をとめたわけだが、その無常さや生命のはかなさを表現している。

現代の感覚でいくと、女性に対する歌としてはかなり失礼なもののように感じられるが、歌はあくまでも虚構であり、歌のなかでは詠み合う者同士の関係ですら、実際の身分や属性を超えた虚構だと考えられている。相手から「いいえ、そんなことはありません、そんなことをおっしゃるのなら、お会いしましょう」という言葉を引き出すための、挑発的な戯れを含んだ表現なのだ。もちろん姫宮はそんな挑発に乗ることはない。

秋はてて霧のまがきにむすぼほれあるかなきかにうつる朝顔

秋が暮れて、霧が立ち込める垣根にまつわりつく、あるかないかのはかない姿に移ろう朝顔、それが私でございます

秋も終わろうとしている朝、うすぼんやりと立ちあらわれる霧のなかで、命を終えようとしている朝顔に自分の身の上を重ねて、むしろそれこそが私の姿だと

切り返す。姫宮は光源氏より少し年上で、このときおそらく三十代中盤から後半ほどの年齢のはずだ。当時としては決して若いとはいえず、賀茂の斎院という社会的な役職を退き、自分を庇護してきた父宮もこの世を去ったことで、このうえない心細さを感じていたことだろう。

また、そんな身の上の自分が光源氏と今さら男女の関係になったところで、彼に好意を寄せるほかの女たちと同じだと世間の笑い物になるだろうし、何より光源氏に軽々しい女と思われるに違いない。六条御息所のようにはなるまいという若き日の決意が、あらためて姫宮の胸に去来したのではないか。朝顔は、姫宮の容姿の移ろいや身の上のはかなさだけでなく、光源氏への想いを、朝顔が昼にはしおれるように、みずからしおれさせたことが重ねられている。

この後も、再度、侍女を介して光源氏と対面する。独身の姫宮の行く末を心配する侍女たちは、ぜひとも光源氏と結ばれてほしいと、あの手この手で光源氏との直接の対面や交流をうながすが、それにも動じない。むしろそのような侍女たちの手引きで間違えをおかし、身を持ち崩してしまった女の人生を知っているからこそ、侍女たちにも心を許さず、仏道の準備に余念がない。

ふたりのこのような交流が描かれる朝顔の巻は、光源氏による藤壺鎮魂の巻とも言われている。この直前の薄雲の巻では、光源氏にとって唯一無二の藤壺が世を去るのだが、手に入らない高貴な姫宮への執心は、終生叶うことがなかった藤壺への想いが重ねられている。光源氏にとって朝顔のはかなさや無常さは、藤壺の短命であった人生と結びついている。

姫宮の邸で、若い頃に宮中で情を交わした好色な老女源侍典《げんのないしのすけ》にばったりと出くわし、その場で言い寄られた光源氏は、苦笑いして逃げ出す。同時に、姫宮の邸に身を寄せる叔母や源侍典の無駄に長い命に比べて、藤壺の命がはかなかったことを思わずにはいられない。

そのような藤壺鎮魂は同時に、『源氏物語』そのものが男の物語から女の物語へと転換するターニングポイントにもなっている。

光り輝く容姿と世に稀《まれ》な才覚に恵まれながらも、権門の後ろ盾なく、帝位への道を閉ざされた光源氏の血が、藤壺への飽くなき想いとその結実としてできた子をとおして帝位につながるという光源氏の物語が、藤壺の死で完結した。

そこに姫宮があらためて登場してくるのだが、それまでふれられることがなかった、桃園という由緒ある場所に父宮の旧邸があったこと、父宮の死によって賀茂の斎院を退いた姫宮がその邸に移ってくるところから、朝顔の巻は語りはじめられている。

桃園にある姫宮の邸に光源氏が足繁く通っている様子をかたわらで見ている紫の上は、光源氏との関係が実家や世間が認めた正式な結婚ではなく、あくまでも光源氏の愛だけに頼ったものであることをあらためて自覚し、憂慮《ゆうりょ》を深めている。

紫の上の父親は藤壺の兄でやはり宮家の人なのだが、紫の上は諸事情で母方の祖母のもとで育てられていたところを、光源氏に見出された。祖母が病気で亡くなったのを機に、光源氏に引き取られ、育てられ、なりゆきで夫婦になったという負い目が、紫の上にはあった。

そこに桃園という由緒ある場所に住まう姫宮が、突如光源氏の執心の対象となったことで、世間が認める正式な妻として姫宮を迎えるようなことになれば、自分の居場所などない。そのような寄る辺なさが先に立ち、地方官僚の娘であった明石の君に感じた、怒りや嫉妬すら湧きあがってこない。

このような紫の上の憂慮は、光源氏と関わりのある幾人もの女君たちが痛感する女の生き難さであり、これ以降の物語の大きなテーマとして浮上してくる。光源氏という男の栄達の道のりを語る物語から、それに関わった女君たちの生き難さを語る物語へ。その転換をこの巻に見出すとき、朝顔に象徴されるはかなさや無常さは、姫宮の容姿や身の上、光源氏に対する想いだけではなく、光源氏にかかわった女君たちの生そのものとも重なってくる。

結局、姫宮と光源氏は一線を超えることなく、風雅を介した交流の相手としてありつづけた。後年、光源氏は娘が東宮のもとに入内《じゅだい》（后妃として内裏《だいり》に入ること）する準備として、練香《ねりこう》や書の手本を整えてほしいと姫宮に依頼する。それに快く応える姫宮。宮家ならではの由緒と姫宮自身の深い教養や心遣いによって用意されたものは、光源氏と当代一の趣味人をもうならせた。

晩年、光源氏は出家した兄の懇願から、その娘の女三の宮（藤壺の姪）を正式な妻として迎え入れた。紫の上は過去の憂慮が現実のものとなり、体調を崩して出家を望むが、光源氏の反対にあい、果たすことができない。それに対して姫宮

晩年の紫の上をめぐる人間関係

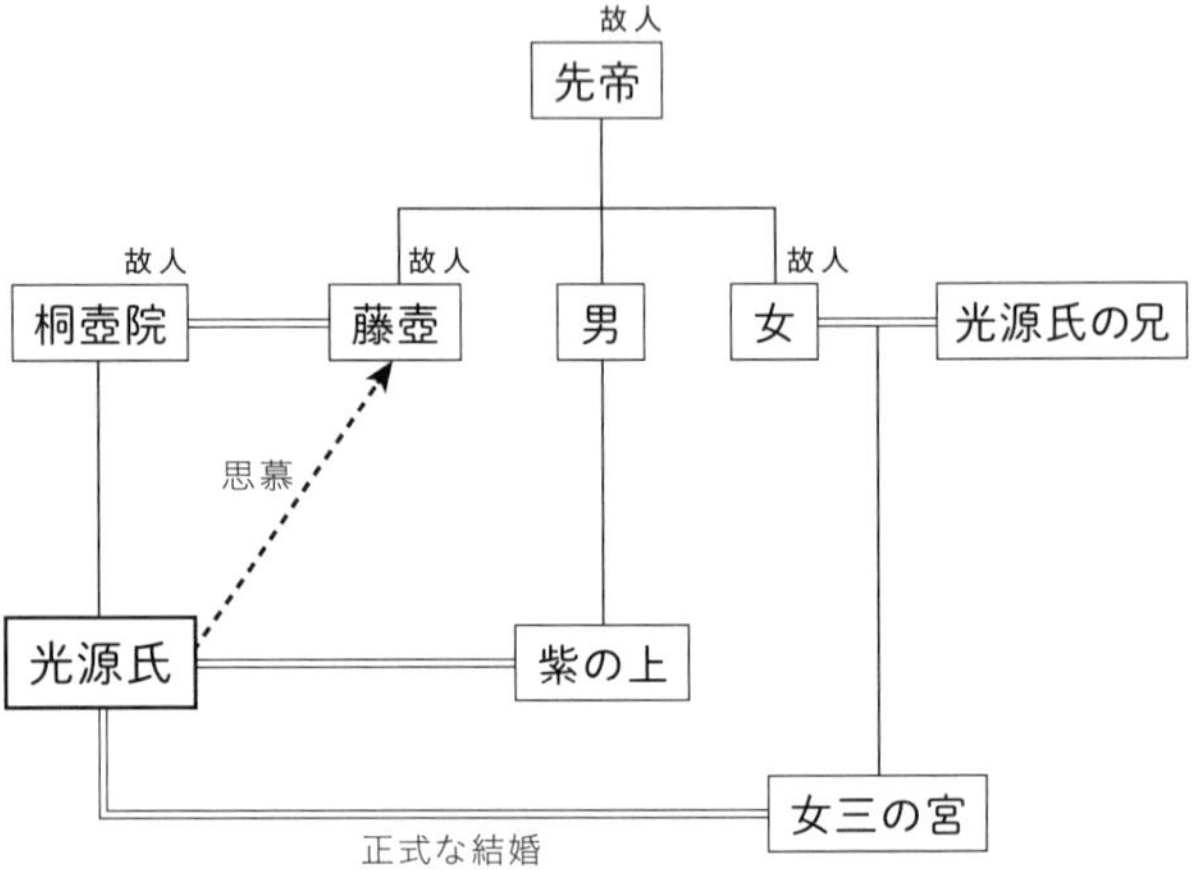

はすでに出家を果たしたことが語られ、物語から退場する。光源氏自身もいずれは出家をと望みながら、果たせないでいた。姫宮やほかの女君たちが次々と出家していく様子に、自分だけが取り残されたような寂寥《せきりょう》と孤独を深めていた。

姫宮が貫いた、自身の身の上のはかなさを自覚し、それゆえに結婚や男を拒む生き方は、光源氏がいなくなった後の世と子孫たちの愛執を語る、宇治十帖へと引き継がれる。


宇治十帖に登場する女たちもまた、宮家の血筋ながら父母不在のために、男たちからの身勝手な求愛に翻弄され、みずからの容姿の衰えや身の上のはかなさを自覚し、命さえ追い込まれていく。

あらためて考えてみると、そもそも『源氏物語』とは、藤壺、紫の上、朝顔の姫宮、末摘花《すえつむはな》、玉鬘《たまかづら》、女三の宮、落ち葉の宮、宇治の大君《おおいぎみ》と中の君、浮舟など、宮家の女たちの生き難さを語る物語だったともいえる。そのほかの女たちも血筋的には、宮家に連なる者が多い。

光源氏も権門の後ろ盾のない皇子として、はかない身の上から人生をスタートしたが、臣下として官僚として社会的、経済的な活動ができる男性だったからこそ、臣下の位を極め、その果てには「太上天皇《だいじやうてんわう》になずらう御位」を得て皇族に返り咲き、栄耀栄華を極めることができた。

しかし、赤い鼻で登場する末摘花が古風な父宮と死に別れた後、生活に困窮し、荒廃した邸で年老いた侍女たちと爪の垢に灯をともすように暮らしていたように、宮家の女性は父母と死に別れると、宮家に代々伝わる家財を売り払って生活する以外の術はなく、零落《れいらく》していくよりほかない。

なかには、宮家の女を妻にして箔《はく》を得たいという、経済的に余裕のある地方官僚から生活の困窮につけ込まれて、仕方なく妻となって京を去っていく姫もいた。末摘花の叔母がそのような境遇にあったと思われるが、どのような事情であれ、それは世間から蔑まれる行為であり、姫たちには耐え難い苦痛と屈辱であった。

宇治十帖では、光源氏の異腹の弟八の宮が、光源氏の栄達の陰で零落してしまったみずからの人生を顧みて、娘姉妹（大君、中の君）に、自分の死後の身の処し方について諫めの言葉を遺す。

侍女の手引きやつまらない身分の男の口車に乗って、情を交わしたり身を持ち崩したりして宇治を離れてはならない、世間のもの笑いの種になってはならない、宮家の血筋に生まれた因縁だと思って諦めろという、娘姉妹の生き方を厳しく制限する言葉だった。娘姉妹にしてみれば、なんの後ろ盾もない自分たちが、世間並みの結婚ができるはずもなく、経済的に自立する手段がないため、生活に困窮したときは死を選べといわれているのに等しかった。

姉の大君は、父八の宮が姉妹の後を唯一託した薫（光源氏の子、実は柏木と女三の宮の子）に求愛されたとき、これといった後ろ盾もない自分が、あれだけ立派な方とどうして世間並みの夫婦となれようか、時とともに自分の容姿も衰えて、あの方に飽きられる日もそう遠くないだろう、それならばいっそ、若く美しい盛りの妹の中の君とあの方とを結婚させて、自分は妹の後見人となってふたりを見守っていこう、と決意する。

朝顔の姫宮が光源氏に対してそうだったように、大君も薫を決して嫌っているわけではない。むしろ好ましくさえ思っているからこそ、薫には不釣り合いな自分の身の上のはかなさを嘆き、その想いを封じ込めようとする。

ところが、そんな大君の思惑を察した薫は、中の君に匂宮（光源氏の孫）を手引する。匂宮は中の君に魅了されながらも、宇治という京から離れた場所、親王という身分の制約から、訪れが途絶えがちになる。

大君は妹と匂宮が結ばれたことに衝撃を受けながらも、かいがいしく妹の結婚の世話をするが、訪れが途絶えていることに憂慮を深めていく。妹が匂宮に見捨てられ姉妹ともに世間の笑い物になったら、父宮の遺言に背くことになると胸を痛める。さらには匂宮に京の権門の姫君との縁談が持ちあがっていることを知る。思い詰めるあまり、日に日に弱り、草花が枯れるように息を引き取った。


大君の臨終の場面には、「ものの枯れゆくやうにて、消えはてたまひぬる」とある。ある研究によれば、ここの「枯れ」は、光源氏が朝顔の姫宮に贈った朝顔が、「枯れたる花どもの中に」咲いていたことに響き合っているという。

『源氏物語』にはたくさんの女君が登場してくるが、一人ひとりの人生は光源氏との関係のなかで語られることが多い。女君同士の交流というのはほとんど語られることはないけれど、朝顔のように、花のイメージと表現（メタファー）をとおして、物語内の時空を超えて、まったく異なる女君同士の人生が響き合い、通

宇治十帖をめぐる人間関係

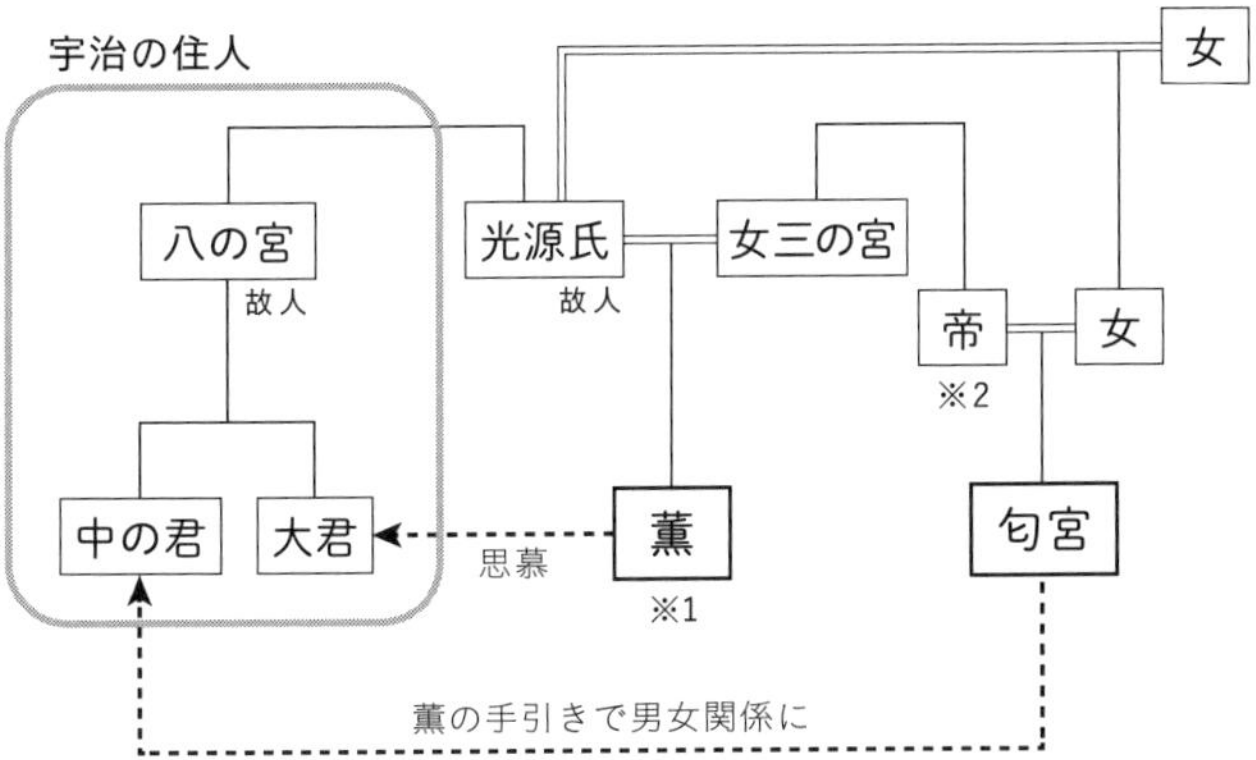

※1　実は光源氏の甥柏木と女三の宮の子
※2　朝顔の巻の帝とは別人

じ合い、輻輳《ふくそう》し、さらなるテーマへと変奏、変転していく。

それだけ女の生き難さを語る物語は、作者にとっても、物語内の語り手にとっても、登場人物の女君たちにとっても、そしてどの時代の女性の読者にとっても、切実な物語だったのではないか。

＊

大学院に入学後、研究室内の仲間同士で、自分の興味のあるテーマについて、おしゃべり程度に語り合っていたとき、『源氏物語』のなかでどの女君が好きかという話しになった。私は登場人物たちを好き嫌いでとらえたことがなかったせいか、あまりこれといった人物が思い浮かばず、卒論のテーマとした朧月夜《おぼろづきよ》かなと適当に答えた。

皆それぞれの共感ポイントを交えながら、なぜその女性が好きかを熱心に語っていて、どれも興味深かったのだけれど、ひとりの男性が宇治十帖の大君が好きだといった。当時、宇治十帖への興味が薄かった私には、薫の求愛を拒否してあっという間に死んでしまった、妹思いの女性といった程度の存在だった。

でも彼がその理由を、大君はさ、痩せ衰えた手を見つめて、自分の容姿はすぐに衰え、薫に相応しい女ではなくなってしまうと、ひとり物思いするんだけど、そこがたまらないんだよね、と手の仕草をまじえて語った。それを見て、息をのんだ。大学卒業後には思い出すこともなかった、あの先輩のことがふっと胸に浮かんだ。大学の授業のペアワークで交流したときに見た、繊細な指先、皮膚が弱くて皮がむけたといった先輩の手が、大君の痩せ衰えた手と重なった。

冬

カメリア、それはシャネルの戦友

シャネルのカメリア（椿）を生ける

卒論を提出した大学四年の冬、同級生たちとヨーロッパへ卒業旅行に出かけた。今の大学生たちに卒業旅行なるものがあるのかどうかは分からないが、社会人になると長い休みはとれなくなるという理由から、学生最後の休みを利用して、アメリカやヨーロッパを二週間ほど旅行する学生が多かった。

私たちもロンドン、ローマ、パリの三都市を旅した。参加したツアーは観光地めぐりが充実していて、ロンドンのバッキンガム宮殿、ローマのコロッセオ、パリ郊外のベルサイユ宮殿など各都市の有名な観光地はおおかた訪れた。また、自由行動の時間も多く設けられていたので、自分たちの興味のあるところへ、冒険のような気持ちであちらこちらに出かけた。異国の地で初めて乗るバスや電車、タクシー、初めての英語、フランス語、イタリア語で交渉する買い物、注文する食べ物。そのすべてが日本の何かとは違っていて、どきどきした。今思えば、そのどきどきはなんと輝かしいものだったか。

各都市のブランド店や免税店をめぐる時間もたっぷり設けられていた。今では信じられないが、バブル経済が終わっていた当時でもまだ円高はつづき、日本で五万円もしたフェラガモのパンプスが、各地では一万五千円程度（日本円換算）で買えた。友人たちはそのときのためにずっとアルバイト代を貯金していて、ローマでそのパンプスを三足購入した友人もいれば、ロンドンのバーバリーでトレンチコートやロングコートを購入した友人もいた。

私はバブル経済崩壊直後の就職活動が難航し、卒論も提出期限ギリギリまでかかってしまったことで、アルバイトがほとんどできず、買い物のための十分な資金を用意できなかった。また、そんな社会状況のなかで父が失職したり、弟が大学の入学を控えていたりで、旅行代を親に頼れなくて、旅行会社のローンを組んで行った。友人たちが高価なものをどんどん購入していくのを横目に見ながら、ずっと欲しかった香水をわずかばかり購入するのが精一杯だった。

二つ目の訪問地ローマに到着したとき、ツアーの添乗員さんから、三都市のうちローマのCHANELが一番安いから(当時はユーロではなく、イギリスはポンド、イタリアはリラ、フランスはフランといった各国の通貨だった)、CHANELを買うならローマがいいわよという情報が入った。

CHANELの黒のキルティングのバッグの購入を、この旅のメインイベントと決めてきた友人がいて、彼女もアルバイト代をコツコツと貯めてきた。さっそく友人たちと連れ立って、スペイン広場沿いのブランド店が軒をつらねる通りのCHANELに足を運んだ。

どのブランド店もそれぞれが語る〝ストーリー〟を体現する店内だったが、当時のCHANELは比較的明るく華やかで、壁一面に鏡が張りめぐらされ、白の毛足の長い絨毯が引き詰められていた(ような気がする)。こちらは何しろ学生の旅行者で、一着だけの防寒用コートとスニーカーという出立ちが、まったくの場違いであることは一目瞭然だったが、スタッフたちは嫌な顔をするでもなく、接客用のソファーに案内してくれた。

友人が黒のキルティングのバッグを見せてほしいと頼むと、数個の黒いバッグがスウェードに覆われたトレーに載せられて恭《うやうや》しく運ばれてきた。白の手袋をしたスタッフの話しでは、キルティングのバッグには二種類あって、ミシンでキルティング加工されたものと、職人が一針一針手で縫ったものがあり、もちろん後者の方が倍近く高価なものだということだった。

皆、固唾《かたず》を呑んで友人の買い物を見守った。友人の予算を考えれば、ミシンでキルティング加工された方を購入するだろうと思われた。

「私、パリのホテルリッツの向かいにあるCHANEL で、買いたい」

ローマでも決して安いとはいえないCHANEL の黒のバッグ。パリは三都市のなかでも最も物価の高い都市で、そこで買おうとすれば、さらに一・五倍くらいの値がすることとは予想がついた。友人のこだわりがどこにあるのか私たちには分からなかったが、金額の問題ではないことは想像がついた。

ローマでの短い滞在を終えて列車でパリに入った。島国の住人には列車で他国に入るという感覚が今いちピンとこなかったが、夜行列車の窓から見えた乾燥した地肌が見える山々、その果てにつづく荒涼とした大地、それを今でも忘れたことはない。

＊

子供の頃から皮膚が弱くて貴金属類があまり得意ではない私は、手芸好きだった母の影響もあり、ブローチやコサージュを身につけることが多い。ある時期からシャネルのカメリアのコサージュにはひとかたならぬ興味を寄せていたのだが、ずっと疑問に思っていたことがある。それは、なぜシャネルはカメリアつまり椿を選んだのかということだった。

ヨーロッパの伝統的な意匠には、キリスト教世界の完全性や聖母マリアなどを象徴するバラやユリが多いというイメージがあるけれど、椿が描かれている絵画や椿をモチーフとした何かを見たり聞いたりしたことがない。

日本での椿は「木」に「春」と書くとおり、十二月から三月の終わりにかけて咲く花で、春を待つ花、春を告げる花として、庭木や茶花として楽しまれている。古来、常緑で厚手の葉に神聖な力があるとされ、古代の儀式には椿をサカキに用いたとの見方もある。現代でも正月花として椿を生けるのは、神迎えの意味があるのかもしれない。
『古事記』では雄略天皇を讃える歌として「葉広《はびろ》　斎《ゆ》つ真椿《まつばき》　其《そ》が葉《は》の　広《ひろ》り坐《いま》し　其《そ》の花の　照《て》り坐《いま》す」とあり、『日本書紀』では、景行天皇が椿でつくられた槌《つち》で土蜘蛛族を平定したと伝えられている。室町時代にはすでに観賞用として栽培されるようになり、江戸時代後期には四〜五〇〇の品種があったという。

　では、日本の椿がヨーロッパのカメリアとどのような関係にあるのかを調べてみると、十七世紀に初めて日本からヨーロッパに渡ったとか、十八世紀に長崎の出島から、スウェーデンの植物学者（の弟子）が四株持ち帰り各国の宮殿に贈ったとか、G. J. Kamel というイエズス会の宣教師が持ち帰り、その名をとって「カメリア」という名前になったなど、諸説あった。

　いずれにせよ、ヨーロッパ、シャネルのいたフランスのパリでは、比較的新しい花であり、それ以前の意匠に登場するはずもなく、そんな新しい花をシャネルは選んだということになる。

　CHANEL の公式サイトには、創業者シャネルにまつわる伝説の数々を動画化し、集められたページがある。そのなかに「カメリア」という動画がある。擬人化されたカメリアが、シャネルの人生のなかで自分がどのような存在だったのかを語るという、二分少々のストーリーだ。シャネルがカメリアを選んだ理由については明言していないとしながらも、「十三歳の若きココが、サラ・ベルナール演じる『椿姫』に深く感動した」との語りに、興味をそそられた。

いくら芝居や舞台に感動したからといって、それに登場する花を、安易にブランドを象徴する花に選ぶとも考えにくく、その間には、直接語らない多くの何かがあり、それを暗に示そうとしたのではないか。それはシャネルの人生観や価値観と照らし合わせることで見えてくるのかもしれない。そんな予感がした。

十九世紀、フランスの作家アレクサンドル・デュマ・フィスの「La Dame aux camélias」(『椿姫』)は、数多くの劇場で舞台化された人気のある作品のひとつで、多くの女優たちによって上演されたが、サラ・ベルナールを超えるものはなかったといわれている。

サラ・ベルナールは、十九世紀末から二十世紀初頭のパリ、産業革命で花開いた大衆による消費文化が「ベルエポック」(美しき時代)と呼ばれていた頃、自立した女性の先駆的な存在として活躍した女優だ。あらためてその生涯を調べてみると、サラとシャネル、ふたりの生き方にはどことなく通じ合うものがある。サラより四十年ほど後に生まれたシャネルだが、自分自身の見せ方やビジネスの考え方など、サラのやり方を意識的に取り入れていたのではないか、とさえ思えてくる。

サラは幼い頃から母親の愛情に薄く、何度か里子に出され、修道院系の寄宿学校で学ぶ。十六歳で国立音楽演劇学校（コンセルバトワール）に入学し、十八歳で劇団コメディ・フランセーズに入団する。その後も何かと困難に見舞われながらも、「quand-même」（カンメーム：それでもなお）の精神で乗り切り、一八八〇年、三十六歳のときには、自分の考える演劇を実現したいとサラ・ベルナール劇団を設立した。

しかし、それまで所属していた劇団から契約違反だと訴えられて、莫大な違約金と損害補償金を支払うことになる。そこからヨーロッパ巡業を経てアメリカ大陸へ渡り、カナダも含めた十五の都市を巡業し、大成功をおさめた。巡業の最後のニューヨークで上演したのが『椿姫』だった。多くの賞賛と喝采を浴び、サラの代表作となったわけだが、この巡業によって、莫大な違約金と損害賠償金を支払うことができたという。

また、古典（歴史もの）を題材とした演劇を古典のまま上演するのではなく、大衆にも分かりやすく受けやすい脚本、演出を意識し、大衆が喜ぶ風刺劇や社会劇も取り入れた。

一方シャネルはといえば、一八九五年十二歳のとき母親が亡くなり、オバジーヌの修道院にあずけられた後、十七歳でムーランの寄宿舎に入っている。二十五歳のときにはすでに、パリのマルゼルブ通り一六〇番地に帽子店を開店し、二年後の一九一〇年にはカンボン通り二一番地に二店舗目を開店、一九一三年には避暑地のドーヴィルに出店するなど、精力的にビジネスを展開した。

ご存知のようにシャネルが提供したファッションは、王侯貴族の御用達クチュリエ（高級服飾店のデザインから仕上げまでを統括するデザイナー）による一点もののデコラティブな大きな帽子や裾を引くドレス、窮屈なコルセット、重い宝石から女性を解放したもので、シンプルでミニマムであることを信条とした。

そのようなファッションにいち早く目をつけたのが、海を渡ってアメリカからやってくるバイヤーだった。彼女が打ち出した一切の装飾を排除したシンプルなブラックドレスは、アメリカ版の『ヴォーグ』で「シャネルという名のフォードだ」「フォードドレス」と評された。

フォードといえばアメリカを代表する自動車会社で、当時、ヨーロッパでは特権階級からの注文によって一台一台受注生産していた自動車を、大衆化し大量生産することを目指した。大量生産するためには、デザインを極力シンプルにしてパターン化し、生産コストを下げる必要があった。さまざまな試行錯誤の結果、一九〇八年にT型フォードと呼ばれる大衆車を発売し、爆発的なヒットとなった。

ビジネスによる経済面から国際的な存在感を増してきたアメリカでは、ヨーロッパの貴族階級が好んだ芸術的、装飾的、一点ものであるよりも、実用的で大量生産が可能で、大衆向けであることが重視された。そのような点において、T型フォードとシャネルのファッションには共通点があり、熱狂的に受け入れられた。

サラが『アドリエンヌ』や『椿姫』など恋物語を描いた大衆向けの演目で、アメリカ巡業を成功させ、莫大な違約金と損害賠償金を支払ったように(とはいえ、金に糸目をつけない暮らしで、いつも借金まみれだったという)、シャネルもアメリカでのビジネスで一財産を築くことができた。

またふたりとも、アメリカのハリウッド映画にも協力的だった。サラはまだ映画が珍しかった時代、映画にも積極的に出演し、最晩年、ハリウッド映画の撮影中に倒れている。シャネルは一九三〇年代、ハリウッドとの高額な契約金で映画衣装をデザインした。

サラもシャネルも、フランス、パリという文化圏、消費文化を超えて、大衆の国アメリカで成功した実業家(起業家)であった。このほかにも、ふたりには多くの共通点がある。

ふたりとも今の言葉でいえば、セルフプロデュースに長けていた。テレビやラジオもないこの時代、新聞・雑誌・各種広告(写真や絵画、イラストを含む)といったメディアで虚像として取りあげられることに、意識的だった。著名な写真家に印象的なポートレイトを撮影させ、シンプルで本質を突く言葉で人生の信条や価値観、社会批評を語り、自身をブランド(劇団やメゾン)のアイコンとすることにも熱心だった。

ある程度の経済力を得てからは、芸術家の経済的支援などにも力を入れた。サラはアール・ヌーボーの駆け出しの芸術家たちを経済的に支援し、新人画家だったアルフォンス・ミュシャに、公演の宣伝用ポスターを描かせている。シャネルも、恋仲になった芸術家を経済的に支援した。作曲家ストラヴィンスキーが一家でシャネルから支援を受けていたことは、あまりにも有名だ。

この時代、貴族階級の女性が芸術家のパトロンとなることはよくあり、その資金の出どころは親や夫の財産であったが、サラもシャネルも自身が働いて稼いだ金で支援した。

いずれにせよシャネルは、自分とも重なる、手本でもあったサラの生き方に敬意を払って、「サラ・ベルナール演じる『椿姫』に深く感動した」という言葉を、サラへの献辞として残したのではないだろうか。

しかしこれだけでは、カメリア（椿）をブランドの象徴として用いたことには、結びつかないようにも思われる。そこでサラが演じた『椿姫』とシャネルの関係に目を向けてみた。

『椿姫』はこんなストーリーだ。

貴族階級の男性の愛人として生計を立てているマルグリットは、一ヶ月のうち二十五日は白い椿の花束を、残り五日は赤い椿の花束を手にしていたことから、椿姫と呼ばれていた。贅沢ながらも空虚な暮らしに倦《う》んでいたところ、貴族の青年アルマンからの求愛により、真実の愛に生きようとする。ところがアルマンの父親から、息子の将来のため、自分たち家族の外聞のために別れてほしいと迫られる。マルグリットはアルマンの前途を思い、身を引く決心をする。

彼を裏切ったかのように見せかけて別れを告げたマルグリットは、また貴族たちの愛人として生きる生活に戻っていく。そんな事情を知らないアルマンは、裏切られたと思い、マルグリットを恨んでオリエントへと旅立つ。しばらくするとマルグリットは以前からあった胸の病が悪化し、アルマンにことの真実を知らせる手記を友人に託して死ぬ。アルマンはその手紙を読んで戻ってくるものの、すでに彼女は葬られた後だった。アルマンは墓を管理する業者に依頼し、マルグリットの墓を尋常ならざる数の椿で埋めつくした。

シャネルも、マルグリットを演じたサラも、貴族階級の出身ではない。ビジネスや女優をしていなければ、マルグリットと同じような生活をしていた可能性が高い。この時代、貴族ではなく定収入のない階級の親を持ち、その庇護も受けられない女性が生きていく術など、結婚以外には皆無だったと考えられる。結婚ですら相手の境遇や収入に依存する不確かなものだ。

『シャネル　その言葉と仕事の秘密』（山田登世子）の巻末にある年譜を見ると、シャネルには、十七歳でムーランの寄宿舎に入ってから二十五歳で帽子店を開店するまで、空白の期間がある。CHANELの協力を得てつくられた映画『ココ・アヴァン・シャネル』では、昼はお針子、夜は姉とともに酒場で歌をうたいチップをもらうことで生計を立てていた。姉はそこで知り合った男爵の愛人となり、シャネルはバルザンという公爵と出会い、その広大な屋敷で居候生活をはじめる。その代償として性的な関係を迫られるといった場面もあった。これはあくまでも映画のストーリーなので、実際のところはどうなのかなんともいえないが、そのような境遇にあったことはたしかだ。

サラの境遇も似たようなもので、母親は貴族や経済的に豊かな男性の愛人であり、叔母もナポレオン三世の父親違いの弟の恋人（おそらく愛人）であった。サラ自身も新人女優の頃に出会ったベルギーの王子と恋に落ちるが、サラの妊娠が分かると音信不通になったという。

『椿姫』を読み進めていくと、愛人でいられるのは容色が美しい若い時分のほんの一瞬であり、年齢を重ねてつづけられるものではないとある。容色が衰えて、貴族男性たちから相手にされなくなれば、それは路頭に迷うこと、すなわち死を意味した。まれになじみの男性をパトロンにして、あるいは運がよければ手切れ金をもらって愛人稼業から足を洗い、帽子店をはじめるものもいた、というくだりがある。サラの母親も帽子店を営んでいた。

当時の女性のファッションには、大きくてデコラティブな帽子は必須アイテムであり、貴族男性や社交界の人脈を生かせれば、それなりに商売になったと考えられる。同時に、そのような境遇にあった女性たちは、幼い頃、孤児や捨て子を収容する寄宿舎で育ち、裁縫の技術を必須で身につけたことから、それが得意であればお針子の仕事を得ることができ、女中や下働きよりは上位の仕事とみなされたという。

シャネルが最初の帽子店を開業した経緯や資金の出どころは、年譜から察するに、バルザンだと考えられるが、いずれにせよ、居候（愛人）生活から抜け出すためには、シャネルは働く必要があった。

店舗数を増やし、自身の才覚によってビジネスを成功させたシャネルは、『椿姫』のマルグリットとは違う人生を歩みはじめる。さらには、アメリカでの成功によって莫大な財産を築く一方で、ロシア皇帝の孫や英国一裕福な貴族のウエストミンスター公といったヨーロッパ各国の王侯貴族たちと恋愛関係にあったが、終生結婚することなく、経済的には独立していた。というより、今度はシャネルの方が、自身の名声と財産に釣り合う男性を得る必要があった。

ときには芸術家を経済的に支援したことは、先にも書いたとおりだ。またビジネスに有利な情報を得るために、顧客たちが出入りする社交会の動向を探るために、貴族を金で雇うようなこともあった。つまりシャネルは、単に居候（愛人）生活から抜け出せただけではなく、貴族男性との関係を逆転させたのである。

シャネル自身は死の前日まで「働く女」だった。それは経済的な自立だけでなく、あらゆることから自由であることを意味した。次のようなシャネルの言葉が残っている。

わたしは小さいときから、人間はお金がなければダメ、お金があれば何でもできるということがわかっていた。そうでなければ、夫に依存するしかない。金がなければ、誰かがわたしをもらいにやって来るのをじっと待っていなければならない。だが、もしその人が嫌いな人だったら?ほかの娘ならそれでも我慢したかもしれない。だけど私は嫌だった。誇り高いわたしは苦しんだ。そんなのは地獄だ。だからいつも自分に言い聞かせていた。お金、それこそ自由への鍵なんだと。

はじめはお金が欲しいと思って始める。それから、仕事が面白くなってゆく。働く楽しみはお金の楽しみよりずっと大きい。要するにお金は独立のシンボルにすぎない。わたしがお金に執着したのはプライドが高かったからで、物を買うためではなかった。物なんて、何一つ欲しいと思ったことはない。欲しかったのは愛情だけ。自由を買い取り、何が何でも自由を手にしたいと思っていた。

成功しようとすれば、人間、働かなければならない。天からマナが降ってきたりはしない。わたしは自活するために自分でパンを稼いだ。友達は、「ココの手が触れると、すべてが金に変わってしまう」と言うけれど、わたしの成功の秘密は猛烈に働いたということよ。私は五〇年間、どこの誰よりもよく働いた。肩書きでも、運でも、チャンスでもなく、ひたすら働いて得たものだ。

『シャネル　その言葉と仕事の秘密』

サラ・ベルナールの『椿姫』を観たのが十三歳。十二歳のとき母親が亡くなり、父親に連れられてオバジーヌの修道院にあずけられた翌年のことである。経済的な不安が幼い頃から常につきまとっていたシャネルにとって、『椿姫』のマルグリットの人生はショックだったのではないか。経済力がないゆえに貴族男性の愛人となり、贅沢とひきかえの退屈な暮らし、社会からは蔑まれ、心から愛する人とは引き離され、借金まみれで終える人生。そんな人生を決して送るまいと思ったとしても、不思議ではない。むしろ十三歳という多感な時期に、そのような人生にふれたことが原体験となって、彼女を「椿姫」ではなく「働く女」へと駆り立てたのではないか。

シャネルにとってカメリア（椿）は、サラ・ベルナールという先達と同じように、「働く女」であろうと決意した花であり、それを思い出させる花でもあった。私はそう思うのだ。

装飾のない黒のドレス、ショートカット、黒のショルダーバッグなど、シャネルが生み出したシンプルでミニマムなファッションは、今日の私たちの生活では、どれも当たり前のものであるが、当時としては衝撃的なものであった。

シャネルはそれまでの貴族社会の価値観を、ファッションという面から否定し覆したことで、「皆殺しの天使」と呼ばれる。当時の女性が身につける、大きくデコラティブな帽子や裾を引くドレス、窮屈なコルセット、重い宝石を嫌った。それらは女性の背後にいる男性貴族たちの富や財力の見せびらかしであり、女性を真の意味で美しく、エレガントに、そして自由にするものではないとシャネルは考えたからだ。

シャネルにとってファッションとは、その人が本来持つ美しさを引き出し、心身ともに自由であることが重要で、金銭にまかせてつくったものを、その金額が分かるような形で身につけることを最も嫌悪した。

そこでシャネルはまず帽子に着手した。シャネルが最初に開店した帽子店では、従来の大きな羽飾りやリボンのあるデコラティブなものではなく、男性がかぶる麦わらのカンカン帽子を女性用にアレンジして売った。

次に洋服。一九一三年に避暑地ドーヴィルに出店すると、翌年に勃発した第一次世界大戦によって、貴夫人たちが着の身着のままで疎開してきた。その夫人たちを相手に、服を売る必要に迫られた。戦時下で布地が手に入らないこともあり、ビーズや刺繍、レースなどがふんだんに盛り込まれた高価な布地を、惜しげもなく使う時代でもなくなっていたことを敏感に察知したシャネルは、自身が愛用してきた着心地のよい、伸縮性のあるジャージーで服をつくり、売った。

ジャージーは厩舎で働く男性の下着に使われていた素材で、バルザンの屋敷に居候していた頃から愛用していたものだった。その成功により、それまで単なる帽子屋だったシャネルが、本格的なクチュールのメゾンの道を歩みはじめる。一九二六年、あのブラックドレスがアメリカ版『ヴォーグ』に掲載された。

そしてアクセサリー。シンプルなブラックドレスを引き立てるアクセサリーをつくり出す。それまで装飾品といえば宝石だったが、シャネルは購入者や贈り主(貴族男性)の財力が見え隠れする「金持ちのための宝石」を嫌悪し、「首のまわりに小切手をぶらさげるのも同じだ」「宝石で人の目をくらまそうだなんて執念は、胸がむかつく」と言い放った。そこでもあえて貴金属を使わないイミテーション・ジュエリーをつくり出した。

なかでもパールの模造品をつくらせ、本物のパールと混ぜて身につけたことは有名だが、ファッションは金目ではなく、偽物を本物のように見せられるセンスそのものに価値があることを示した。

このようなシャネルの価値観にふれたとき、カメリア(椿)はバラのイミテーションなのではないかという考えが頭に浮かんだ。ヨーロッパのキリスト教の文化圏では一時期、バラはキリスト教の世界の完全性や高い精神性をあらわし、聖母マリアの純潔やキリストの殉教を象徴した。しかし十九世紀以降のナポレオン帝政下では、ナポレオンの妻ジョセフィーヌが権力と財力にまかせてバラの収集に熱を入れたように、富と権力の象徴だったのではないか。

しかも、ばらの花びらをいくつも重ねたデコラティブな姿かたちや濃厚な香りは、シャネルの嫌悪の対象だったとも考えられる。一方、カメリア（椿）は姿かたちから「日本のバラ」と呼ばれてヨーロッパ文化に受け入れられたことから、バラのようであってバラでないことが、シャネルにとってはイミテーションとして格好の花だったと考えられないか。

日本では冬から春までの茶花として用いられる椿は、はっきりした色目の花びらと花芯、濃い常緑の葉が、シンプルでありながらも存在感がある。だからこそ、それだけで床の間を飾ることができるのだが、実は生けるのがとても難しい。どの花を生かすのか、どこの葉や枝を落とすのか、ほかの花に比べて生ける者のセンスと技量が格段に問われる花木なのだ。

シャネルがそんなことを知っていたとは言わないが、彼女の鋭い感覚、感性なら、そんな椿の本質を見抜いていたとしても不思議ではない。シノワズリーの影響で漆屏風を収集し、ブラックドレスの黒は漆黒をも発想の源泉としているのではないかという説があることを考えると、ジャポニズムの折、金ピカを嫌い、よけいなものをすべて削ぎ落とした日本の茶の湯の思想にどこかで出会って、幼少時の修道院の寄宿生活で培われたシンプル、ミニマムなシャネルの価値観が共鳴したのではないか、と想像の翼をひろげてみるのは無謀なことだろうか。

例のCHANELの公式サイトの「カメリア」の動画では、カメリア（椿）は香りを持たない花であったが、むしろシャネルはそれを尊び、女性が自分の香りを纏《まと》う自由を象徴する花とし、香水「No.5」がその香りを担ったかのように描かれている。つまり先にカメリア（椿）があり、その後に香水「No.5」が生まれたように解されるのだ。

それまでの香水が、バラやジャスミンといった香りの強い花から抽出された精油（エッセンシャルオイル）でつくられ、よくもわるくも生々しい花の香りがしたものだった。ところが「No.5」は、多種多様な芳香を化学合成の香料アルデヒドがまとめあげる抽象的な香りだった。当時としては斬新で画期的な調香であり、服やアクセサリーと同様に、過剰を排して、必要最小限のものを生かすというシャネルの価値観が貫かれている。結局、香水も芳香が過ぎれば悪臭となることを、シャネルは知っていたのだ。

『シャネル　その言葉と仕事の秘密』の年譜によると、「No.5」の調合の完成が一九二〇年、その翌年の一九二一年に発表され、一九二四年に香水会社を設立している。ところが動画では、シャネルがシフォンドレスにカメリア（椿）を挿したのが一九二三年、その後商品化され、さまざまな布や宝石で象られ、指輪やネックレス、ブローチ、イヤリングなどの装飾品になったとされる。正直なところ、カメリア（椿）と「No.5」の前後関係や因果関係はよく分からない。しかしこの順番が正しければ、むしろ先にあった「No.5」を体現する花として、固有の香りを持たず、特定のイメージにまみれていないカメリア（椿）が見出されたともいえる。

最後にもう一度、例の動画に立ち返ってみる。

カメリア（椿）とシャネルは似ているという。厳しい冬の先陣を切って咲く常緑樹でもあることから、「いくつになっても魅力的」という意味が込められた。

シャネルは朝食に何を食べるかと聞かれて、「一本のカメリア」と答えたという。シャネルにとっては、カメリア（椿）は彼女自身の生命の源であり、彼女そのものだった。そして、カメリア（椿）はただの花ではなく、シャネルのカメリア（椿）だという。

もはや私は、これに異論を挟む必要はないだろう。

シャネルの生涯やビジネスにおいて、ブラックドレスや香水「No.5」などについて言及されることは多いが、カメリア（椿）が注目されることはほとんどない。CHANELブランドを象徴する花という当たり前すぎる暗黙の了解があり、あえて考えるほどのことではないのかもしれない。

しかしあらためてカメリア（椿）からシャネルの人生を眺めてみると、その関わりは意外にも長く、彼女が「働く女」であろうとした原点の花であり、その後、彼女の人生観、価値観を体現する花となり、それがブランドを象徴する花へと昇華されていった。まさにシャネルはカメリア（椿）とともにあった人生であり、カメリア（椿）はシャネルの戦友ともいえる存在だったのではないか。

＊

パリのシャルトル大聖堂やルーブル美術館、近郊のベルサイユ宮殿などの有名な観光地を訪れたあと、友人に付き添って、ホテル・リッツの向かいにあるカンボン通り三十一番地にあるCHANELを訪れた。道すがら友人は、就職が決まったら、シャネルが晩年、ホテルリッツを住まいとしながら通勤したその店で黒のバッグを買おうと決めていたと、話してくれた。

店のなかの内装はローマの店と大きくは変わらなかったが、本店であることの風格が旅行者の装いである私たちをさらに萎縮させた。それでも友人は気力をふりしぼって、定番の黒のバッグを見せてほしいとスタッフに伝えた。五分くらいして、ローマの店で見たのと同じ、ミシン縫いと職人による手縫いの両方の黒のバッグが運ばれてきた。

案内された接客用のソファーで友人が厳粛な顔つきで二つの黒のバッグを見比べているとき、ふと視線を店内の奥に移すと、シャネル・スーツとよばれる上着とスカートのアンサンブルがかけられていた。

気がつくと、真っ白なツイードのサマースーツの前に立っていた。ツイードにはラメ加工された糸が織り込まれているのか、表面がきらきらと光っていた。意外にも肩周りがゆったりとしたつくりになっているせいか、気品がありながらも肩肘を張ることのない、ゆとりというか余裕のようなものが漂っていた。

するると店の扉からこれに似たようなスーツに、長いフェイクのパールのネックレスとカメリアのコサージュをつけ、黒のバッグを持った年配の女性が入ってきて、スタッフと言葉を交わして奥へ入っていくのが見えた。

あれは……いや……まさかね……。

ソファに戻ると、友人が包装と会計を待っているところだった。職人さんが手縫いした方のバッグに決めたわ。そういう友人は、自分の足で立つ大人の佇《たたず》まいにあった。

エピローグ

おわりの、いのりの花

六月、夏至。花の稽古の先生が、ある方のために花を生けた。

ギャラリーの主宰を通じて心あるアーティスト、クリエイター、職人の作品を、やはり心ある人々に届けてきたその方が、さまざまな節目を迎え、一度ギャラリーの幕をおろすことになった。長い年月、同志のようにそこで折々の花を生けてきた先生が、有終とねぎらいの花を生けることになったのだが、じつは先生自身もセッションやパフォーマンスとして人前で生けるのは、いったんこれを最後にすると聞いた。

その姿を、なんとしてでもこの目に焼きつけておかなくては。

薄着で来たことを後悔した本降りの雨の日の午後、ギャラリーに到着した。先生のアトリエのスタッフや稽古仲間の顔を見つけては、「あいにくの雨で……」とささやき声で挨拶をしながら、ぬれた衣服やかばんをハンカチで拭いた。

ふと気がつくと、照明を落としたギャラリーには閉幕を惜しむ多くの人が集まっていた。通り道に面した鉄骨で組まれた格子のウィンドウから差しこむ光と、白のコンクリートの壁に反射するわずかな光が、修道院を思わせた。

定刻を少しまわった頃、ギャラリーオーナーの挨拶がはじまった。来し方の一つひとつを噛みしめながら言葉をつないでいく様子に、こちらまで胸がいっぱいになる。おそらくそれを聞いていたすべての人が、ギャラリーでの思い出や自身が経験してきたいくつかの有終を重ね、同じ思いでいたのではなかったか。

そんな余韻のなかで先生の花生けが音もなくはじまった。会場中央に置かれた大きな甕《かめ》の前に座り深く一礼する先生。こうべを垂れる私たち。もうそこにいるのは、私たちが知っている、いつもの先生ではなかった。

那須の大地からとどいた、空の頂《いただき》に向かう太陽のエネルギーをたっぷり蓄えた大ぶりのマタタビ、ウワミズザクラ、ディアボロ、シロヤマブキなどの枝々を、大甕《おおがめ》に一本一本挿していく。枝は猛々しい生気にあふれた猛獣のようでもあるが、先生の手には、なんの迷いもよどみもない。枝たちは子猫が飼い主に甘えるように、先生にすべてを委ねている。いや、むしろ枝自身が先生の意思をくみとって、甕のおさまるべき場所にみずからおさまりにいった。

花鋏《はなばさみ》の潔く澄んだ音だけが響き、整えられていく枝々の生気に意識がふっと遠のく。どのくらいの時間だったか、すべての枝と草花が甕に挿されたと思われた瞬間、先生は紫陽花を一枝、ギャラリーのオーナーに手渡し、甕に挿すよううながした。思いがけないうながしにオーナーは虚を突かれたようだったが、覚悟を決めてそっと紫陽花を挿し入れた。その場にいる誰もが感極まった。

間をあけず、今度は通りに面したウィンドウの前で、テーブルにしつらえられた大きな鉢に、草花を生けていく。会場中央の暗がりから光のある方に視線を移すと、来たときよりも雨足が強まり、雨音も大きくなっていた。

その日の朝、摘みとられたばかりのホタルブクロ、オカトラノオなどの草花たちが、その時を待っていたかのように先生の手のなかで解かれ、たっぷり空気を含んでふんわりと繊細に生けられていく。茎や葉がさばかれるたびに、朝露を凝縮した草花の生気が立ち込める。もう何もいらない。そんな気さえした。

最後にスタッフが運んできた水を鉢に注いでいく。

注いで注いで注いで……テーブルにあふれ床にこぼれ落ちた水は、激しい雨音と重なり混ざり合って、いのりの音を奏でた。

厚い雨雲を縫ってとどいた光に照らされた草花は、先生の手を離れ、オーナーと先生に多くの縁と恵みをもたらした神々のもとへ、旅立っていった。

＊

本作をこのような形にまとめてみると、私は花生けの様式美や造形的な美しさ以上に、花が発するエネルギーとその交感に魅せられてきたような気がする。

そんな花との向き合い方を、花への敬虔《けいけん》な思いと生き方を通じて教えてくださった花の稽古の先生とスタッフの方々、noteでの連載当初から本作を読み、書籍化を心待ちに応援してくれたSNS上の友人たち、書籍化と流通の実務面でお力添えくださった方々、ギャラリー閉幕の花生けについて書くことをご快諾くださったオーナー、日々の仕事と執筆を支えてくれた母に、万感の思いを込めて感謝を伝えたい。そして、ツルボランの咲く野に渡っていった父に本書を手渡したい。

二〇二四年　立秋　　　奈良美代子

●参考文献

※本書で取り上げた作品で、書籍や映画、ウェブサイト等のタイトルは『』で、個々の作品は「」で括った。
※ウェブサイトのURLは二〇二四年九月現在有効のものを掲載している。
※有料会員制インターネット百科事典『ジャパンナレッジ』とインターネットの電子図書『青空文庫』については、初出のみこのような形で表記し、それ以降は『ジャパンナレッジ』『青空文庫』とした。

物語の〝花〟を生ける

「美人の条件」プロローグ　石井ゆかり　『THREE TREE JOURNAL』 https://www.threecosmetics.com/brand/journal/detail/2014/03/the-portrait-of-heroines-01
『「美人」の条件』石井ゆかり　幻冬舎コミックス　二〇一六年

少女と女王をつなぐ花

『森は生きている』サムイル・マルシャーク：作　湯浅芳子：訳　岩波少年文庫〇七二　電子書籍版　二〇一九年

『十二の月たち』ボジェナ・ニェムツォヴァー：再話　出《で》久《く》根《ね》育《いく》：文・絵　偕成社二〇〇八年

「スノードロップ」有料会員制インターネット百科事典『ジャパンナレッジ』

水仙は、心の静寂清明な一点を映し出す

『葛原妙子全歌集』短歌新聞社　一九八七年

『コレクション日本歌人選070 葛原妙子 見るために閉ざす目』川野里子　笠間書院二〇一九年

〝死者〟に手向ける花

「亡き王女のための刺繍」『口笛の上手な白雪姫』小川洋子　幻冬舎文庫　二〇二〇年

「アスフォデロの野をわたって」『ヴェネツィアの宿』須賀敦子　文春文庫一九九八年

「アスフォデロスの野」『KAWADE 夢ムック 文藝別冊〔追悼特集〕須賀敦子 霧のむこうに』多田智満子　河出書房新社　一九九八年

『ギリシア神話 上巻』呉茂一　新潮文庫　一九七九年

「ツルボラン」『ジャパンナレッジ』

蛇に呑まれた桜

「桜心中」『文豪怪談ライバルズ！ 桜』泉 鏡花：作 東 雅夫：編 ちくま文庫
二〇二一年
「怪異・妖怪伝承データベース」国際日本文化研究センター https://www.nichibun.ac.jp/YoukaiDB3/search.html
「松前が誇る光善寺の桜」高徳山 千嶋教院 光善寺 https://kouzenji-hokkaido.com
「義経千本桜」『新版 歌舞伎事典』『ジャパンナレッジ』
「一谷《いちのたに》嫩《ふたば》軍記《ぐんき》〜熊谷《くまがい》陣屋《じんや》」「京鹿子《きょうがのこ》娘《むすめ》道成寺《どうじょうじ》」『歌舞伎演目案内』 https://enmokudb.kabuki.ne.jp
「妖術使いと死闘した大宅光圀《みつくに》と山城光成【11世紀】リアル血鬼術の使い手・滝夜叉《たきやしゃ》姫《ひめ》との戦い」『鬼滅の日本史』小和田哲男監修 宝島社 二〇二一年
『古典文学動物誌』學燈社 一九九五年
「蛇性《じゃせい》の婬《いん》」『雨月物語』上田秋成：作 高田 衛 稲田篤信：校中 ちくま学芸文庫
一九九七年
『改訂 桜は本当に美しいのか』水原紫苑 平凡社ライブラリー 二〇一七年
『國文學――桜花のエクリチュール』學燈社 二〇〇一年

純度の高い恋は地に落ちて、いっそう輝く

「ナイチンゲールとばらの花」『幸福な王子』オスカー・ワイルド：作 西村孝次：訳
新潮文庫 一九六八年

『薔薇のイコノロジー』若桑みどり　青土社　二〇〇三年
「『百万本のバラ』平岸で歌い継ぐ第一回 ロシア料理&カフェ ペチカ店主 兵頭ニーナさん」『道新りんご新聞』二〇一六年十二月一日　https://www.doshin-apple-news.jp/app/download/6812967156/20161201号.pdf?t=1551078229
「『百万本のバラ』誕生秘話　原曲に込められた小国の悲劇」『地域をつなぐ道新りんごステーション』二〇一六年　https://www.doshin-apple-news.jp/2016/12/18/百万本のバラ-誕生秘話-原曲に込められた小国の悲劇/
「百万本のバラ」加藤登紀子　日本語訳　https://www.uta-net.com/song/42687/
「百万本のバラ」松山善三　日本語訳　https://www.uta-net.com/song/219492/

花に生かされ、花に奪われたラブストーリー

『うたかたの日々』ボリス・ヴィアン：作　野崎 歓：訳　光文社古典新訳文庫　二〇一一年
映画『ムード・インディゴ〜うたかたの日々〜（字幕版）』ミシェル・ゴンドリー：監督　ファントム・フィルム：配給　フランス　二〇一三年
『ギリシア神話 下巻』呉 茂一　新潮文庫　一九七九年
「プルーストとモネの睡蓮画：ヴィヴォンヌ川の睡蓮の場面をめぐって」和田章男『九州大学フランス語フランス文学研究会』二〇一八年
「ヴィクトリア朝絵画のオフィーリア図像と花：ウォーターハウスの狂気のオフィーリアを中心に」『文化交流研究』若名咲香　筑波大学文化交流研究会　二〇一七年

「ヴィクトリア朝の画家・ウォーターハウスのオフィーリア三点と代表作十選」『展覧会のプロと学ぶ「見る・感じる・考える・言葉にする」の4つが一体となった絵画鑑賞のワーキング講座』 https://art-discussion.com/blog-waterhouse1/
「マンチェスター市立美術館がウォーターハウスの《ヒュラスとニンフたち》を撤去。非難が殺到」『美術手帖』 https://bijutsutecho.com/magazine/news/headline/11562

小町の復讐をかたどる花

「小町の芍薬」岡本かの子 インターネットの電子図書館『青空文庫』
『古今和歌集』新編 古典文学全集 小学館 『ジャパンナレッジ』
「小野小町伝説」『道の駅おがち「小町の郷」』 https://www.michinoeki-ogachi.jp/komachi.html
「小町まつり」『秋田県湯沢市公式観光サイト』 https://www.city-yuzawa.jp/site/yuzawatrip/689.html
『小町伝説の誕生』錦仁 角川選書 二〇〇四年
『新装版 小野小町追跡「小町集」による小町説話の研究』片桐洋一 笠間書院 二〇一五年（初版一九七五年 改訂版一九九三年）
『古典文学植物誌』學燈社 二〇〇二年
「岡本かの子の文学と〈京都〉― 旅の所産と古典受容から」『佛教大学総合研究所紀要』外村 彰 佛教大学総合研究所 二〇〇八年
「別離」『黒雲の下で卵をあたためる』小池昌代 岩波現代文庫 二〇一九年

過去も未来も超える花

「時をかける少女」『時をかける少女〈新装版〉』筒井康隆　角川文庫　一九七六年
映画『時をかける少女』筒井康隆：原作　大林宣彦：監督　東映：配給　日本
一九八三年
『かぐわしき植物たちの秘密 香りとヒトの科学』田中 修　丹治邦和　山と渓谷社
二〇二一年
「ファーム富田の歴史」『ファーム富田』 https://www.farm-tomita.co.jp/history/
「『桃栗三年柿八年』の続き」吉海直人　同志社女子大学　https://www.dwc.doshisha.ac.jp/research/faculty_column/2019-02-15-15-55

※筆者は公益社団法人日本アロマ環境協会認定のアロマセラピスト有資格者であり、
アロマテラピーに関する情報は資格取得時に学んだことをもとに、最新の知見や
情報を参照して再構成した。

みんなの「幸い」のために生きたいと願う花

『ガドルフの百合』宮沢賢治：作　ささめやゆき：絵　偕成社　一九九六年
『青空文庫』より「ガドルフの百合」「四又《よまた》の百合《ゆり》」「グスコーブドリの伝記」「ペンネンネンネンネン・ネネムの伝記」「雪渡り」「めくらぶどうと虹《にじ》」「鳥の北斗七星」「水仙月の四日」「風野又三郎」「銀河鉄道の夜」「百合を掘る」「火の島」『春と修羅 第二集』「文語詩稿　一百篇」

『別冊NHK100分de名著 集中講義 宮沢賢治 ほんとうの幸いを生きる』山下聖美 二〇一八年 電子書籍版
「〈大宇宙の生命世界〉と〈心象世界〉:「ガドルフの百合」論」『上越教育大学研究紀要』小埜裕二 一九九九年

それでも太陽を見つめつづけた花

映画『ひまわり』ヴィットリオ・デ・シーカ:監督 アンプラグド:配給 イタリア 一九七〇年
在ウクライナ日本国大使館 https://www.ua.emb-japan.go.jp/jpn/info_ua/episode/2movie.html
『植物のひみつ 身近なみどりの〝すごい〟能力』田中修 中公新書 二〇一八年
「世界のヒマワリ(種)生産量 国別ランキング・推移 二〇二二年」https://www.globalnote.jp/post-5798.html
「ひまわりになった妖精クリュティエ」https://itoharuna.amebaownd.com/posts/4983299/
『変身物語 上』オウィディウス:作 中村善也:訳 岩波文庫 一九八一年
『西洋古典叢書 L30 変身物語 一』オウィディウス:作 高橋宏幸:訳 京都大学学術出版会 二〇一九年
『変身物語 上』オウィディウス:作 大西英文:訳 講談社学術文庫 二〇二三年
『中世ヨーロッパの色彩世界』徳井淑子 講談社学術文庫 二〇二三年
「黄色いリボン 歌詞の意味・和訳 映画主題歌 ジョン・ウェイン主演の映画主題

歌として有名なアメリカ民謡」『世界の民謡・童謡 worldfolksong.com』 https://www.worldfolksong.com/songbook/usa/yellow-ribbon.html

「幸せの黄色いリボン 歌詞の意味・和訳 彼女はまだ僕を必要としてくれるだろうか？ 黄色いリボンの風習とは？」『世界の民謡・童謡 worldfolksong.com』 https://www.worldfolksong.com/popular/tie-a-yellow-ribbon.html

鬼がこの世にただひとり、生きた証を刻みつける花

「紫苑物語」『紫苑物語』石川淳 講談社文芸文庫 一九八九年

「セレネッラの咲くころ」『トリエステの坂道』須賀敦子 新潮文庫 一九九八年

『古典文学植物誌』學燈社 二〇〇二年

『鬼の研究』馬場あき子 ちくま文庫 一九八八年

『魔の系譜』谷川健一 講談社学術文庫 一九八四年

『今昔物語集』新編 古典文学全集 小学館 『ジャパンナレッジ』

『萬葉集』新編 古典文学全集 小学館 『ジャパンナレッジ』

『古事記』新編 古典文学全集 小学館 『ジャパンナレッジ』

「「鬼のしこ草」説話をめぐって：東京大学国文学研究室蔵『〔鬼のしこ草〕』の紹介と考察」『東京大学国文学論集』吉野朋美 二〇〇六年

※本編でも言及したように「鬼之志許草」「紫苑」は、時代などによって訓み方が異なるため、本編は小学館の新編 古典文学全集『萬葉集』『今昔物語集』に基づいた。

尚、本編で取り上げた和歌等の現代語訳は著者による。

女の生き難さを物語る花

『源氏物語』新編 古典文学全集　小学館　『ジャパンナレッジ』
『萬葉集』新編 古典文学全集　小学館　『ジャパンナレッジ』
『古典文学植物誌』學燈社　二〇〇二年
『源氏物語の女性たち』秋山 虔　小学館ライブラリー　一九九一年
『源氏物語歳時記』鈴木日出男　ちくま学芸文庫　一九九五年
『源氏物語の人物と表現―その両義的展開』原岡文子　二〇〇三年
『源氏物語を読む』高木和子　岩波新書　二〇二一年

※斎宮《さいぐう》、斎院《さいいん》について

天皇即位のときに占いによって選ばれた、伊勢神宮、賀茂神社で奉仕する未婚の内親王または女王。伊勢神宮では斎宮、賀茂神社は斎院と呼ばれた。

※御禊《ごけい》について

天皇の即位後、大嘗会《だいじょうえ》の前月に、斎宮、斎院などが祭りの前や占いで選ばれた後に、賀茂川の河原などで身体を洗い清める儀式のこと。文武百官や女官が騎馬、車を連ねて従った儀式の行列は、庶人に至るまで見物してにぎわった。

『ジャパンナレッジ』の「斎宮」「斎院」「御禊」などを参考

※本編で取り上げた和歌等の現代語訳と人物関係図は著者による。

カメリア、それはシャネルの戦友

『植物と行事　その由来を推理する』湯浅浩史　朝日選書　一九九三年
『古典文学植物誌』學燈社　二〇〇二年
『古事記』新編 古典文学全集　小学館　『ジャパンナレッジ』
『日本書紀』新編 古典文学全集　小学館　『ジャパンナレッジ』
CHANEL 公式サイト インサイドシャネル
英語版日本語字幕なし動画　https://www.chanel.com/jp/about-chanel/the-stories/
フランス語版日本語字幕あり動画　https://youtu.be/khPjBYQMSWs
『世界の伝記 コミック版 49　サラ・ベルナール』山田一喜：漫画　磯見仁月：原作
白田由樹：監修　ポプラ社　二〇二一年
『シャネル　その言葉と仕事の秘密』山田登世子　ちくま文庫　二〇二一年
映画『ココ・アヴァン・シャネル』アンヌ・フォンテーヌ：監督　ワーナー・ブラザース映画：配給　二〇〇九年
『椿姫』アレクサンドル・デュマ・フィス：作　永田千奈：訳　光文社古典新訳文庫
二〇一八年
『ユリイカ 二〇二一年七月号 特集＝ココ・シャネル』青土社 より「リトル・ブラック・ドレス再考」朝倉三枝、「シャネル No.5 縦組の歴史と現在」大野斉子、「新時代と旧時代のメセナ　ココ・シャネルとミシア・セール」青柳いづみこ、「フィルムのなかのシャネル」小澤京子、「修道院時代とその影響をめぐって」山田由賀本書は、noteでの「物語の〝花〟を生ける」と題した連載シリーズにて二〇二〇年七月から二〇二二年十月までに公開した十六本のコンテンツのうち、十二本に加筆・編集等をおこない、一本を書き下ろしてまとめたものです。

本書執筆にあたっては、参考文献に挙げた多くの資料に助けられ、支えられました。改めて御礼申し上げます。

本書に誤りがある場合、その責任はすべて著者に帰するものです。

本書には、著者の体験に基づいたフィクションが含まれます。人物名など実在のものとは関係ありません。

【著者】

奈良美代子　随想花家

一九七一年　東京生まれ。大学院修士課程（日本語日本文学専門分野）修了後、経営学を通じた社会人のスキル教育、リーダー教育に従事。二〇一八年から「物語と物語をつなぐ千の花」をコンセプトに、noteでの文筆活動と草花を生ける活動を展開。ささやかではあるけれど、その人にとって大切な何かを思い出すための時間や場を設けることを、活動の理念としている。

note

MIYOKO.MILLEFLEURS

Instagram

鬼がこの世にただひとり、
生きた証を刻みつける花

著　者　奈良美代子
発行日　二〇二四年十月二十九日
発行者　奈良美代子
発行所　オフィスルリユール合同会社
埼玉県和光市白子三—十五—十五　６Ｆ
https://office-reliure.com
info@office-reliure.com

ISBN 978-4-911357-00-2